U0086252

三民叢刊153

塵沙掠影

馬遜著

三民書局印行

自序

馬遜

人生寄世，如客塵、如幻影。數十年匆匆劃過，回首來時路，感慨自是難免。我的前半生，從湖南長沙到香港，從香港到臺灣，然後到西德留學，最後來臺定居。原以為會在成功大學教一輩子的書，如今卻因佛緣牽引，來到大崙山的華梵人文科技學院。生命的旅途中，有許多可掌握的機運，但似乎一半早已註定。有時我在想，如果我更換了跑道，改變了方向，現在的「我」，究竟會是個甚麼模樣呢？

這二十年來，我常利用課餘閒暇紀錄一些心情故事，陸續在國內外報章雜誌發表，竟已有八、九萬字，經過搜集整理後，與三民書局劉董事長振強先生洽談，很感謝他願意為我發行單行本。本書中大部分的文章，還是留德時期旅居阿亨(Aachen)所作，刊登在《西德僑報》的作品。《西德僑報》是旅德華僑及留學生共同出版的刊物，也是留德中國同學們的精神糧食。當時電腦還不普及，所有文章都要經過編輯部字跡工整的同學重新用手抄過，本書的出版，我特別懷念他們，也以我們當年那些執著於理想，肯義務奉獻時間心力的同學們為榮。不論他們如今身在何處，是否聽得到，我仍要說一聲「謝謝」！

另外是我回國後，幾度再赴歐美時所見所聞。其中所認識的人，所經歷的事，我都認為彌足珍貴，並將之真實的紀錄下來。當然還有些文字，是描寫我自己個人學佛的心路歷程，如朝聖，打佛七，及赴長沙麓山寺「清涼藝展」等。還有一些值得紀念和緬懷的人，在我的生命中都佔有十分重要的位子，例如我學佛的皈依師樂果上人，他不僅開啟我的慧命，也指引我穩健踏實的人生方向，使我無論何時何地，都不曾產生過太多的徬徨與困擾。因此紀念老人家的文字有兩篇之多。我原來還有一篇文章，是紀念養育恩深的姨媽，可惜已經找不到了。現在的心情卻又無法重寫，我一直認為文章是反映真感情的，本書中已有不少提到老人家的文字，我就不勉強自己去重寫了。

除了僑報以外，其它文稿，分別在香港《明報月刊》、臺灣的《菩提樹》、《福田》，以及《中央日報》、《中華日報》發表過，每篇文章都蘊含作者無限的感情及感恩。最後我把這一本書，獻給茹苦含辛撫養我長大成人的姨媽。

母親的話（代序）

要有選擇十字架的勇氣

Dr. Josef Siao告訴你：「一個耶穌像，一個十字架，給不同國籍的人挑選，中國人固然會選擇十字架，而其他人則會選擇耶穌像。」

他的用意是說明：中國人是忍辱負重、捨己為人、嚴肅而又勇敢的民族。但是你懷疑：現在的中國人，都能保持這種優良的性格嗎？

這個問題，不祇是你的問題，我曾為求這問題的答案而苦惱。因為我發現，今天要給予中國人一個確切的評價，那舊的標準似有修改的必要了。由於所處地域的社會背景，以及教育的差異，在國內或散居海外的中國人，優良的性格不斷遭受磨損。

在極權統治的環境裡，愛被認為是罪惡，善被認為是邪行，猜忌、仇恨獲得鼓勵，人變成一顆冷冰冰的，尖銳的螺絲釘，祇懂得朝認定的目標衝刺、壓迫。

在自由社會裡，人們崇尚的是個人主義，一切以個人為中心。所謂個人主義，應該是在不侵犯個人原則下作自我發展的。但是我們所見到的，是巧取豪奪、損人利己的個人主義，而這種個人主義，竟然是被認可的。

雖不盡然如此，至少這種情形，極其普遍。

我以為今天絕大多數的中國人，不會選擇耶穌像，更不會選擇十字架，除非那耶穌像是金質的，十字架鋒利如刀，則又當別論。

我對這種現況十分憂慮。我憂慮中國的新一代，將會變成怎樣一類人？

記得我曾經和年輕朋友說過我的夢想，我希望在一塊非常自由的地方，建立一個「家」。這個「家」不是屬於我個人的，而是很多孩子們的家，我只是這個家的褓姆。信任我的人，可以把孩子交給我管教，讓他們接受中國人應有的教育。這個時代，是必須著重群體的、科學的教育，所以我將參考柏拉圖《理想國》裡對Guardians（保衛者）的那種教育，使他們成為在修養上、智能上適應時代的現代人，又是具備優良傳統的中國人。

這是要很多很多錢才能實現的願望，我沒有這麼多錢，我相信我永不會有這麼多錢。那麼，我只求一幢遠離市區的平房，和一片能種植幾百斤青菜的土地，帶幾個孩子，用心血來灌溉他們，讓他們在極乾淨的環境裡成長，也可以算是Danlton System教育法吧！有些類似我們中國的學徒制。也許有人認為這是非常可笑的、狂妄的夢想，但是，我總覺得這個時代祇有這樣的教育，才可以訓練出優秀的下一代。經過訓練的孩子，他們將是有愛心、有鬥志、胸懷坦蕩而又快樂的中國人。

你是我的女兒，你當然知道我對你的要求。無論外間的衝激多麼大，你要竭力保持中國人應有的優良性格。當然，在自我利益至上的社會裡，你將會付出一些代價：如物質、名譽、甚至事業的損害。不過，這是值得的，因為你會發現你已是受得起考驗的中國新一代。

女兒，你做得到嗎？

曉雲導師的話

塵中塵剎佛
河中一世界

塵河世界生佛同體智者
塵中塵陳此身心向志佛
儒外研物理　遇校長
乃人文科技之良才新書
付梓此請誌數言以慶之

丙子秋李奇茂書

周紀高伯伯贈詩

臘鼓初沈始報春，枝頭已見柳芽新，
西望急雪堅冰地，憐汝飄零萬里身。
遠寄詩聲寓旅愁，何堪家國有沈憂，
劇憐來日艱辛甚，珍重雲天此壯遊。
廿載難酬報國情，拋家慚愧事長征，
而今老病天涯道，心事唯期付後生。

一九七六年時寄自香港

塵沙掠影

目　次

輯二　散文隨筆

輯三　緬懷故人

附錄

輯一　飛鴻踏雪泥

童年

我最早最深刻的記憶，是我的外婆。外婆把我摟在懷裡，用棉被裹緊我倆，坐在床上，總是搖呀搖的。那時大多是在等我姨媽下班回來。外婆愛我，勝過愛她的孫兒女。因為我從未見外婆抱過表哥，雖然他只比我大五天。

外婆在我的記憶中，一直生病。自共產黨佔領大陸以後，家中早就一貧如洗。姨媽先後換了好幾份工作，仍只是一名公務員而已。無論嚴冬炎夏，她都是早出晚歸。外婆的老病，雖明知治不好，她仍是到處欠賬賒藥。以致後來外婆去世，窮得以紅薯填肚皮度日。

外婆是虔誠的佛教徒，她梳個白巴巴頭，戴一副近視眼鏡，十分慈祥，模樣兒頂像小說中形容的外婆。她去世的那一晚，姨媽和舅舅通宵不曾闔眼，外婆半夜醒來問道：「幾點鐘了？」

「四點了，姆媽。」姨媽答說。

「唉！」老人嘆了一口長氣，然後說，「你過來。」姨媽走近她身邊，老人一把摟緊姨媽的脖子，半晌卻不曾說一句話。

臨終時，依著老人的遺訓，也是照著佛家儀規，姨媽和舅舅跪地合十，默默的念著「阿彌陀佛」的聖號。沒有嚎啕大哭，老人就在喃喃的佛號聲中，靜悄悄的離開了人世。

第二天，家中來了許多親戚朋友，這時才聽到傷心的號哭聲。那時的我，還不滿四歲，眼見川流不息的人客，似懂非懂的意味到「奶奶死了」，心裡好難過，隱約還感到一絲兒寂寞。奶奶的棺木，就停放在幾家人公用的客廳當中。「我肚子餓喲，肚子餓喲……」突然間我放聲哭了。

我的外婆，並不平凡，她年輕時便崇尚革命。曾經計劃在湖南辦一所女子學校。她也是一位出色的藝術家。詩詞歌賦、琴棋書畫，無不擅長。她有一幅極大的刺繡，曾在巴拉馬藝術展覽中得過獎。可惜在展覽後就不曾還給我家了。但是我還是有幸一睹外婆細膩精巧的手工活，那是刺繡的山水、花卉、蟲鳥所閉成一面面半徑不到四公分的扇子。這些祖傳寶貝，還有外公外婆的墨寶，都留在湖南舅舅家了。

還未進小學，我便喜歡和野孩子們廝混。但是我的膽子小，頑皮有分寸。奇怪的是，那時並沒有一個野孩子欺負我。天色漸昏，我的心就不在「玩」上了。視線不時穿過一條長長的麻石巷子，直到一個戴著深度近視眼鏡，頭裏圍巾，身穿陳舊黑長大衣，手提一個方布包的瘦長中年女子出現，心裡才湧出無比的喜悅，奔跑著，叫喊著，接過她手中的布包，攙扶著那疲憊的身子，壓根兒再也想不起繼續遊戲的小同伴，徐徐踱進小屋裡去。

姨媽與我是相依為命的。後來進了小學，雖然也喜歡上學校，但印象中最有趣的還是在冬日的週末，與姨媽對坐在炭盆邊，四隻腳踏著炭盆的四隻角，散些餅乾屑在地上，看小老鼠出來偷吃。這時姨媽會唸著蘇東坡的詩：「愛鼠常留飯，憐蛾不點燈。」其實姨媽最喜歡的詩人，還是白居易。她常說白居易為了照顧到文化程度不高的老人，總要把他的新詩唸給老人聽，若是聽不懂，他就馬上修改。當年的我，還不滿九歲，就開始看起那密密麻麻的《三國演義》來。始終弄不懂最初是如何看得下去的，大概與姨媽的鼓勵有關。小時候，我是個百分之百的「三國迷」。直到離開大陸，唯一攜帶的書，就是一冊《三國演義》。其他一大箱連環圖畫、兒童雜誌，都送給表哥了。

我的表哥，是我童年最好的玩伴。我們曾匐伏在地上看螞蟻搬家、捉小蟲；也曾在樹叢中穿來穿去；或是坐在書桌旁，面對面畫畫。我對此道，從小缺乏天份。外祖父母的遺傳，都集中在他身上了。他確是個不折不扣的天才小畫家，每每搬出一捆捆外公的遺墨，模仿著、聚精會神一筆一筆往紙上塗，筆筆描得唯妙唯肖。他真箇是無師自通。我也曾彷彿著他那種模樣，卻從未畫出什麼像樣的東西來。氣餒之餘，投筆從「遊」，出外亂跑去了。

那時各學校曾經一度提出除四害，就是麻雀、老鼠、蒼蠅、蚊子。我們低年班的，要交一百隻蒼蠅，否則不許註冊。快開學了，我連一隻蒼蠅都打不到，正愁著不知道如何交差，表哥笑嘻嘻的遞給我一個火柴盒子，一盒子滿滿的盡是死蒼蠅。如今想來，真噁心。那時候還真不知有多高興呢！

小時候我喜愛讀書，而且成績優秀。學校裡什麼五好生、雙優生，只要是獎狀，總少不了我一份。自從八歲參加少年先鋒隊，又是官運興隆：由小隊長、中隊長，看看要升大隊委了，就接到批准赴港探親的申請。如果我還在大陸，是否會繼續熱衷活動，而走共青團、共產黨的路線，就不可得知了。

在鬥爭右派分子那年，我那間小學被鬥出七個右派老師來。教過我珠算的向老師也被鬥了。後來我的舅舅也被判四年勞改。他是一位中學歷史教員，連續上兩堂課，都會累得面青唇白。要遠去他鄉做苦工，如何受得起風霜磨折。臨去的前一天，他站在書桌前整理書籍，旁邊站著個鄰家少年。他選好部分書收藏起來，其他的書全送給鄰家少年了。舅舅是個大好人，他絕不敢明目張膽的反對誰。勞改的導火線，竟是在大鳴放時，貼了一張大字報，替一位右派教員抱不平。大概就這樣被認作是同黨了吧！我到香港後，曾接到過一張舅舅回家後，他一家團聚的照片。勞改前後共六年，他如何還能活命回來，也真是奇蹟！生離死別，一晃已是十餘年，舅舅，我這輩子還能見得著嗎？

舅舅勞改後，他的一家就分散了好一段日子。舅媽被調農村下放，表姊隨文工團東奔西跑，年幼的表哥，則暫由姨媽看顧。這突而其來的變化，使表哥成熟了不少。他變得沉默寡言、鬱鬱少歡。只有我和他講《三國演義》的故事時，才見到他興趣頗濃，入神傾聽的樣子。要是我學著他唱平劇，卻唱得荒腔走板，他會大聲喝斥我。是的，表哥變了！

至於我的表姊，小小的心靈，幾乎有些崇拜她。雖然她並不是百分之百的完美。那時候的她，年輕貌美、聰明能幹、性情高傲、多才多藝，還有幾分俠義之氣。她事親至孝，尤其對她的父親。舅舅勞改時，她還希望能營救她的父親。此事想來，真令人心酸！

離開故土已快廿年，飄流海外又將七載。如今學業已進入最後一個階段，一縷無可奈何的鄉愁，緊繫在那一片海棠葉上。逝者如斯，今夕何年？故曰：

為賦新詩強說愁，
孤燈獨伴意難休，
棄卻數書旋著筆，（數書者，數字之書也）

鄉思點點在心頭。

一九七八年寫於古都阿亨

打工記

還記得初來德國阿亨的日子，正是秋天。異鄉的九月顯得格外的蕭瑟。踏著遍地黃葉，走進那一間僅能容得下一床、一几、一櫃、一椅的屋頂閣樓，情緒也被濃濃的秋意所纏繞。

大學畢業後，教了兩年書。稍有積蓄，我便踏上了嚮往已久的留學生涯。那時我彷彿吃了熊心豹子膽。銀行存摺上的數字無增有減，我卻不為所動。寒冬夜，我為了節省煤氣而擁被苦讀；大雪天，步履唯艱的往返雪地一個半小時。回到住處，雙足早已僵硬腫痛。母親的話會自耳邊響起：「年紀輕輕，吃點苦頭，正好磨鍊自己。」

單是節流不是辦法，總得打開一條開源之道。於是買來一大堆雜誌，每天翻翻剪剪、譯譯寫寫，寄回香港發表。幾個月下來，所得的稿費，僅夠補貼報費和航空郵費而已。氣餒之餘，不得不另謀他計。報紙上的廣告欄最多招聘的就是清潔女工，每小時六馬克，待遇不算太差。自從來到德國後，洗洗刷刷的，什麼都得自己動手，正所謂「人離鄉賤，物離鄉貴」。

樓下住了位海默老太太，殘疾多病，我也經常義務替她打掃房屋。一年下來，早已習慣了德國人的潔癖。所以我對清潔女工之職，躍躍欲試。海默老太太一聽我這「斯文」，要去「掃地」。急得大叫不可，搬出一大堆理由，終於打消了我這一念頭。

又一天翻開報紙，當地的「北京飯店」請跑堂，心下大樂。美國留學生不都是以托盤子為副業嗎？我何不也試試呢！多少也有說說中國話的機會。興沖沖找上門去，結結巴巴的自我介紹了一番。那位白白淨淨的上海先生瞟了我一眼說：「儂沒跑過堂呀！嗯，那也沒啥關係。此地是上午十點鐘上班，整理整理檯子，十一點飯店開門做生意，下午三點大家一起吃飯。飯後嘛，休息休息。五點鐘再開始，直到十一點半，結完帳清理好檯子，才能吃晚飯。每週六天工作，一天休息。……」他滔滔不絕的說著，我眼睛愈睜愈大。嚥了口口水，問道：

「那麼，薪水呢？」

「儂是學生哥，又沒啥經驗，是跟我做學徒。學徒嘛，一般每個月拿三百馬克，我給儂四百吧！」

好大方！他老哥也太會精打細算了，中國人竟然坑起中國人來！也沒想到我老姊是「聰明肚腸笨面孔」，怎會吃這一套。我又不是來德國專修「茶博士」的，東家不打打西家，咱家去也！

生長在湖南外婆家的我，多少沾染了些湖南騾子不信邪的脾氣。回到住處，拿過打字機，辟辟啪啪一口氣打了二十多封求職信，同時寄出。想著這下子總不至於完全落空吧。人算不如天算，不到一個星期，回拒的信就陸陸續續如雪片飛來。有些工廠不請短工、不收學生、不用女性……隨著這些回信的增加，一顆心也愈來愈往下沉。情緒好惡劣！記得有一天居然收到三封回拒的信。我把它們統統排在桌子上，然後楞楞地撕開了母親的信：

「女兒：夜很靜，偶然海上傳來幾聲長長的汽笛，對著不太明亮的燈光，我想得很多。你寄來一卷錄音帶，是聖誕夜在何吉理家(Herzog)的實地錄音。我不懂德文，但從那嘈雜的高聲歡笑，和器皿的碰擊聲中，能體會出那確實是個熱鬧的晚會。

今天的德國人是幸福的，戰爭帶來的苦難已消失了。他們盡情的高歌，盡情的歡笑。你也沾染了豪放氣息，跟著唱，跟著笑。但你的聲音卻有幾分酸澀，尤其是人散時，你獨自坐在廳堂裡，對著錄音機講述你的生活狀況。嗓音低啞，語句斷斷續續。最後還唱了一曲『聖誕快樂』和『蘇武牧羊』。無疑的，你在竭力掩飾你的情緒，卻沒有成功。

孫伯伯來我們家，聽完你的錄音，老淚縱橫。取下眼鏡，一邊揩抹一邊對我說：『問她為什麼要離家，問她到底追求什麼？』

這個問題是很難回答的。名譽嗎？愛情嗎？即使名譽和愛情都有了，又怎麼樣？依舊是茫然，若有所之，而又不知何所之。你的蒼涼心境，不祇是離家的愁緒。知女莫如母，你是我的女兒，我當然了解很深……」

一邊看信，眼淚一邊往外流。生性好強的我，表面看來，活像個笑咪咪的「不倒婆」。有困難咬緊牙關，就捱過去了。這時卻敵不過透過信紙傳來親情的溫暖，我終於軟了下來，倒在被褥上，狠狠的痛哭了一場。

哭，擊退了頹喪，趕走了懦弱，心也漸漸平靜下來。默默燃上一支香，靜坐片刻後，信心和勇氣再度充滿整個胸膛。

後來透過學生工作介紹處，我在好幾家工廠打過暑期工。站在流動板前重複著機械式的動作，收入倒還不差。再加上善心好友的饋贈與幫忙，牽牽扯扯的捱到了文憑論文(Diplomarbeit)完成。繼續攻讀博士學位時，我不單獲得一份不錯的獎學金，同時還在研究所兼任助理。經過一番挫折與磨鍊，剷除了我的銳氣，使我學會了謙卑，這當是值得付出的代價吧。

一九七八年於古都阿亨

我愛中華

我從未像現在這樣愛過臺灣。感受好不平常！我生在大陸，長在香港，曾以港澳僑生身份在臺灣唸大學。如今則在西德繼續求學。

小時候在湖南，我參加過中共的少年先鋒隊，擔任過中隊長。由於愛讀《三國演義》而受其影響，「忠君愛國」的思想十分濃厚。

彷彿是我九歲那年，大陸掀起「百花齊放」運動，「群眾」可以自由張貼「大字報」，批評共產黨及其政策。這一來，平日一股氣憋在肚子裏的，都紛紛上「萬言書」，紅紙滿天飛；牆上、佈告板全貼滿了大字報。可憐「眼睛雪亮」的「群眾」，卻識不破毛澤東這一個「大陽謀」，突然間一聲號令，貼過大字報的「群眾們」，反共的、反動的，一律套上「右派份子」的黑帽，一網打盡。

在外婆家長大的我，看到舅舅被抓去勞改，舅媽被遣到農村下放，表姊隨文工團的演出東奔西跑，與我同年的表哥則日益憂鬱、落寞。好好一個家庭，被拆得支離破碎。當我默默流著眼淚想念舅舅時，「忠黨報國」的信念就產生了動搖。

接踵而至的，耳濡目染經歷了好幾件怪事。

當時，我姨媽在衛生局工作，她的同事小張的父親被槍決前，他的親屬本需當場致詞辱罵他。小張沒有去，他的母親趕到刑場，痛哭著訴述她丈夫的罪狀。當日回家，她就上了吊。

住在我們前院的泥水匠，被抓去鬥爭，磨得死去活來，最後也自殺了。他的太太說他陰魂不散，晚晚回來，搞得雞犬不寧。

三天兩晚，挨家挨戶打著鑼召集開會。在我印象中更深刻。湖南當時還是點洋油燈，姨媽去開會前，總是猶豫不決。不點燈又怕我醒了害怕，點著又擔心火燭。其實我早被鑼聲敲醒，看著這情形，總是閉著眼裝睡。有一晚，鄰家就出了事。大人被叫去開會，小孩醒了，找不到爹娘，爬出院子，不幸掉進井裏淹死了。

我就讀的小學，被揪鬥出七位右派老師，他們被強迫捶石頭。小學生們圍著圈子，向他們吐口水、丟石頭，唱著：「右派分子野心狼……。」

我們在小學，都是半勞動、半學習的，那一年搞「大煉鋼」，小學生也得在校園裏砌起土爐，去墳山擔黃土煉水泥。小孩子身體矮，鋤土時只能打山洞。有一天，黃土崩塌下來，另外一間小學的一位教師和兩個學生頓時被埋在土裏。那位老師人高，拳打腳踢翻出了土，而那兩個學生，則一個重傷、一個死亡。

這種事情，當年在大陸層出不窮。至於吃不飽、穿不暖，比諸恐怖政權，則微不足道了。一九五九年底，我們赴港探親的申請獲得批准，即與姨媽匆匆離開了滿目瘡痍的故土。香港人對國家印象是模糊的，他們眼見大陸逃亡潮，海上的浮屍，但又必須在洋化的環境中討生活。三百多萬人口擠在一巴掌大的土地上，爭生存也不是簡單的事。大家似乎都麻木了。

中學畢業後，我到了臺灣。四年求學期間，所接觸的全是一片昇平景象。雖然先總統蔣公一再提醒全國軍民要「毋忘在莒」，但因經濟繁榮，生活安定，一般人都不怎麼振奮，尤其是靡靡之音泛濫，什麼「愛得要死要活」的，真令人失望。第一學府的臺大人，大多是讀書、考試，以備「托福」、留洋，對於國是，也缺乏關懷。這是當時我對臺灣的印象。感覺上，我們這一代是完了。因為國家民族，是需要人民的信念和意志為根本，才能強大起來。今日的中國，究竟何去何從？主宰她命運的，還是中國人啊！

記得在中學時代，母親主辦的青年雜誌《新聲》上，曾產生過一系列的討論「擔子問題」。我們談到上一代雖然生長在不幸的時代，他們在血淚中堅強抗戰到底，終於贏得最後的勝利。

而我們這一代，想要擔「擔子」，挑起來卻是副「空」的。我們不怕「擔子」沈重，但苦在無「擔」可擔。看來，我們對歷史要交白卷，我們比之上一代，是更大的不幸。

屈指算來，到西德一晃又是六個寒暑。有些外國人對中國完全隔膜。對於政治的謊言，居然相當迷信。時常我都與他們爭論得眼紅筋暴。對於臺灣情形，令人最感痛心的就是少數的臺獨分子。他們供給「國際特赦組織」各種政治犯的資料，惡毒攻擊我們政府，把臺灣渲染成如何不自由、不民主。實在搞不通，搞垮政府，究竟有何益處？在中共虎視眈眈下，卻夢想成立臺灣國，怎麼可能？

卡特承認中共，美國與我斷交。這一事件無異晴天霹靂。我想到臺灣這唯一的復興基地，和一千七百萬中國人的命運，我哭了。

出乎意料的，由於這外來的打擊，我們自覺了，海內海外，上上下下萬眾一心，在國難當前，充分的表現了我民族凜然不懼的剛強勇敢。義賣、捐款、捐血、從軍，提倡建設國防，推動了一連串如火如荼的救國自強運動。

根據我國傳統，是以「家」為根本。中國人對「家」的觀念牢不可破。共產黨的「人民公社」始終無法貫澈，也是因為「家」對中國人的重要性。我們明白，我們清楚的瞭解，沒有國，就沒有家。所以，我們必須保衛國家。

多年來，知識青年都渴望著向外跑。這次突變，不單是在臺國民與政府精誠團結合作，也無形中造成一股向心力，吸引了在海外的學人歸國，因為我們確切的認識：我們有一個信念，有堅強的意志。愛國之心，人皆有之。這是對自己根本的依戀，如同愛自己的母親，是與生俱來的情感。

從流行歌曲到推行愛國歌謠，電視節目改頭換面，以至種種感人小節。我看到一股中興氣象。好熟悉，好熟悉，這就是傳統的中國精神——驚天地、泣鬼神的浩然正氣。我們祖父母憑藉它，推翻了滿清政府，建立了新中華。我們的父母親憑藉它，趕走了日本帝國主義，獲得抗戰勝利。如今，我們也得憑藉它，反共復國，建設自由民主的大中華。目前，無論國際形勢如何惡劣，我們必須堅定自己的信念，認識自己的職責崗位。沈著忍耐，共赴時艱，我們堅決相信，暴政必亡，中國必強！

一九七九年二月六日《中央日報》

克麗斯的婚禮

好友克麗斯結婚，來信邀請我擔任她的伴娘。「如果你能接受這一任務，就是我獲得最好的一份禮物……」我彷彿見到克麗斯那雙藍眼睛裡，閃爍著幸福的光采。一陣喜悅之情從心底泛開，隨即應允了她的請求。

婚禮的前一天，我乘火車來到奧斯拉布洛克(Osnabrück)，克麗斯開車來接我。她的另一女友海歌兒已先我而到。克麗斯的父親早過世，她的母親是典型鄉土味極濃的北德女人，豪邁熱情，我剛到，已感染到那股溫郁而和諧的氣氛。

德國女人的勤勞是早享盛名的。第一天一早，她娘兒們還忙進忙出，洗洗刷刷。我一把搶過克麗斯手中的抹布和洗潔精，一面趕她出廚房去：「新娘子啊，你也該打扮打扮了，做黃臉婆的日子還長著呢！」

還不到一點，我們早已準備妥當，新郎班德在幾位男士的陪伴下來到。依著習俗，他把綁著白緞帶的一束粉紅色花朵遞給新娘。克麗斯的眼光顯得好柔和，好嫵媚。我的男伴是班德的弟弟漢斯，一位溫文有禮的青年。另一對儐相，則是由克麗斯的弟弟阿鴻和海歌兒擔任。還有一對童男童女，分任舉蠟燭和牽頭紗的工作。

在攝影館照過相後，我們分乘三部新車向著「心湖鎮」的聖尼古拉教堂出發。車子將接近教堂時，耳邊突然一聲炮響，車子已被鄰居攔在路中央，勒索過路錢。這時擔任司機的便走下車去，送給他們一瓶酒，他們才放過一部車。接著又鳴一炮，勒索第二輛車。接受了禮物後，更放第三炮，攔劫第三輛新車。

來到教堂前，他們的親友們早在等候。一場隆重的彌撒後，賓主們便徐行至附近的大酒館裡慶祝。當我們踏出教堂門口時，左右有兩排穿著整齊制服的消防隊員，高舉紅色小消防筒致敬，頗具威儀，原來都是他們的朋友。

酒店裡領班和女侍走向臺前，念了一段詩祝福新人。然後賓客們紛紛上前道賀。他們的親友真不少，來了一百二十多人。還請來了一支樂隊，有位男扮女裝的掃地婆，用當地土話編了首打油詩，取笑新郎，十分逗笑。

飯後由新人帶過第一支舞，氣氛就愈來愈熱鬧了。他們開始捉弄新郎新娘，要他們站在兩張椅子上接吻。

我是唯一的外國人，難免不受人注目。更何況我擔任的是伴娘的角色，不知不覺的竟也變成了全場另一個焦點。很多人都自動走過來和我交談，邀我共舞，漢斯只在一旁點頭微笑，頗有紳士風度。

突然間，漢斯拉著我從旁門溜了出去。穿過一條窄巷子，發現克麗斯早在等候，原來是要玩綁架新娘的遊戲。我們六、七個人擁著克麗斯走進鄰近另一酒吧，飲酒作樂。然後由一人回到原處，故作驚訝的說：「不好了，新娘失蹤了！」這時新郎便帶著十餘大漢，來尋找「逃妻」。當我們聽到嘈雜的聲音走近時，趕忙熄了燈，在黑暗中等待。直到他們發現我們以後，才呼嘯著添酒燃燈，重新作樂。新郎付過酒錢後，我們又相互挽著手，回到原來的酒店去。

狂歡到了深夜，老年人已經感到吃不消了，才叫來一部大型遊覽車送客人們回去。

第二天在原酒館用過午餐後，大伙再度來到克麗斯的娘家。克麗斯的娘家是開花店的，種了許多花果蔬菜。克麗斯的弟弟和妹妹已將一間溫室佈置好，舖上了草堆，我們便坐在草堆上，飲酒聊天，唱歌玩樂。

突然間，坐在我左邊的男士遞給我一支鮮花，我歡喜的謝了他。不一會，我右邊的男士也送上一支花來。然後他二人左一支，右一支的，我猛然想起克麗斯家的花店，大聲喝道：

「你們是從那裡偷來的?」他們樂不可支,哄然大笑起來。

這些人大都是工人階級,勞工神聖,思想絕對的單純。我儘量的和他們認識交談,聽他們用打著捲的舌頭告訴我:「人類應和平相處,享受短暫的人生。」他們厭惡戰爭,想不透為什麼要把好好的人送去當炮灰。

漢斯在消防隊裡工作,還有好幾位他們的親友,也都是消防隊員。如克麗斯的堂兄阿方,便醉醺醺的重複著對我說,有一次他救了一條人命,從此他領悟到生命的可貴和消防工作的意義。

傍晚,有十幾個年輕人,又去到克麗斯的新家。班德是位有頭腦的建築工人,他和朋友們合力籌劃,建了這幢新房子。地下室是間酒吧,可以開私人派對。此時,克麗斯和我把房門倒鎖,任由人敲打,也不讓進來。

克麗斯的友情是濃厚的,幾乎令我慚愧。原來她母親並不贊成我擔任伴娘,因為我不是天主教徒。同時克麗斯的妹妹瑪利亞,也渴望擔任這一角色,因為她早傾慕伴郎漢斯。克麗斯卻十分固執,她說如果不是我,她的信仰不會這麼深。同時她也知道,唯有這樣,我才不會被冷落在一邊。

當天晚上,其他人還要去狄斯可跳舞,任由他們三催四請,我也不肯去了。克麗斯要我留住在她的新家。第二天中午，她夫妻才把我送到火車站。夢也似的三天，過得好愉快。如果有人對我說，北德人不夠人情味，我再也不會相信了。

完稿於一九七九年秋古都阿亨

弟弟的婚禮

記得我大二唸完的暑假，弟弟出國。香港啟德機場擠滿了人，悶熱的酷暑直迫得人透不過氣來。擴音機再次催促著旅客們入閘，弟弟稚氣的臉上努力壓抑著內心的惶恐、焦燥和別離的愁緒。正當他要進入閘口的時候，一隊人群把我們衝散，弟弟回身大聲喊著：「姆媽，姆媽……」，那年他才十七歲。

屈指算來，我姊弟已有十年整未見面了。父親的來信，分明盼望我能去一趟美國。一則可增長見識，一則可代表我父母親主持婚禮，就這樣我踏上了飛向芝加哥的旅程。

弟弟開車來接我，當我還站在關稅口等待檢查行李時，已見到他在外面揚手。眼前的弟弟，已長得一副強壯的體魄，好英挺！我才踏出關口，就被他粗壯的臂膀緊緊抱住。一路上我們喋喋不休的用湖南話講述別後的一切。多年在外，我們的母語說得十分彆扭，連我自己聽著也要發毛，我們仍是談得好起勁。

由芝加哥到陌地生，開車需要整整三小時，才來到威斯康辛大學的學生宿舍。弟婦和她妹妹正在蒸包子，我由行李袋裡拿出在機場「免稅商店」買來的威士忌，得意的在弟弟鼻子前揚一揚：「怎麼樣？來，和你乾一杯！」

弟弟的婚禮是在六月廿六日，婚前他仍得每天回學校趕實驗，而弟婦也一樣忙著她的博士論文。陪我的工作，就落在弟婦的妹妹身上。她是個活潑天真的女孩子，為人也溫柔純厚，因為她就讀於北伊利諾大學，離陌地生不遠，她姊姊結婚，就趕來幫忙了。

威斯康辛大學的夫妻宿舍，座落地名為「鷹村」。窗外望去，是一片青綠的草地。弟弟的窗外，住著一家有趣的鄰居，是一隻土鼠媽媽和三隻土鼠寶寶。弟弟他們出門，我就愛站在窗前，偷窺這一家子的日常生活。

每天上午，弟弟都在森林中跑步。我看得好眼熱，也借了弟婦的運動鞋，和他一塊兒跑。平素缺乏運動，跑起來頗為吃力。弟弟自己跑一段，又回過頭來陪我跑一段，這樣來回幾趟，幾乎跑了我的兩倍。

弟弟的婚禮是在天主教堂舉行的，佳期是配合女方的父母親來美旅行的時間。男方的家長，是由周策縱伯伯和我代表。周伯伯是威斯康辛大學中文系主任，父母親多年的老友，照顧弟弟像自己的子姪，他受父親之託，替弟弟主婚。

觀禮的來賓，約有百餘人。做彌撒的那位神父，年紀相當輕，但言詞卻十分誠懇感人。他說：「愛的力量，是不受時間、不受空間限制的。你們看馬可和琦琬的愛，就吸引了琦琬的父母由臺北、馬可的姊姊由德國來到這裡，參加這一場隆重的婚禮。」

神父講完道，退坐在一旁，耳畔響起吉他的旋律。兩位年輕的民歌手湯姆與邁克，合唱了一曲「這才是開始」。這兩位民歌手，是弟弟在一次慈善晚會上認識的。他們為了慈善事業，拍賣歌謠，很可惜沒有人點唱。弟弟大概口袋裡裝了幾文剛領到的工資，一時豪興大發，出了廿元，買了他們一支歌，從此就交起朋友來。在弟弟的婚宴上，湯姆和邁克邊彈邊唱，直到席終人散，為婚禮生色不少。

我的弟婦很了不起，她在台北一女中時，通常都是考第一名。順利被保送到臺大化學系，又是每試必名列前茅。畢業後到美國繼續升學，學業事業都是一帆風順。最難得的，是她秉性謙和，思想成熟，做事為人很識大體。馬家得此佳婦，可說是祖上積了德吧！

弟弟告訴我，他原來有位女朋友，住在紐約。聖誕節趕來陌地生，參加聖誕晚會。在熱鬧的搖滾樂中，這位女友穿著曳地長裙，在人群中交際應酬，風頭十分的勁。此時在另一角，琦琬卻在忙碌著為許多人準備晚餐。她也不曾刻意修飾，只是一股勁兒忙進忙出。弟弟冷眼旁觀，忽然轉悟過來。心裡想著：「面前擺著這麼好的女孩不去追，辛辛苦苦窮跑紐約，所為何來?」那一晚,他對那位漂亮的女朋友,反常的冷淡。從那天起,就改變了目標,努力追求。終於獲得弟婦的青睞,有情人終成眷屬,說來真不得不佩服我弟弟的眼光。

這次旅美遊陌地生,結識周策縱伯伯,也是收穫之一。周伯伯是研究五四運動的權威。他是學者、藝術家、還是詩人。其實真正的詩人,本身就是活活潑潑的詩篇,溫柔敦厚。在他家裡,他搬出一箱子寶貝,以饗遠客。那都是名家或是他自己雕刻的圖章,他為我們講述這些圖章的故事。他還收藏有明清年間的字畫。更有趣的是,他收集的奇形怪狀的石頭,經過他巧手一變,寫上了詩篇,都好像價值連城的古董一樣名貴了。

弟弟帶我遊玩了不少名勝,學校、博物館、水族館、汽車廠,這一切,我的興趣並不算濃。縈繞腦際,印象深刻的,是他大概連夢也做不到的「農莊餐室」,人情味極濃的麵包師,那些小松鼠、小土鼠,還有他自己忠誠、踏實、堅毅、坦蕩的個性。

完稿於一九七九年仲夏

阿亨與阿亨工大

一、古都阿亨

阿亨(Aachen)，位於德國的西北方，鄰接比利時、荷蘭二國，是一個典型的古雅潔淨的歐洲城市，公元第八世紀，查里曼大帝在此建都，提起「艾拉沙培」(Aix-La-Chapelle，阿亨的原名)，讀過歐洲中古史的人，必然是耳熟能詳的。

座落城中心的阿亨大教堂，是在查里曼大帝親自督工下建成的。哥德式的建築，美輪美奐。雖然經兩次大戰，仍保持完整無缺，絲毫不曾受損。這裏曾經有過三十三位歐洲各國諸侯到此加冕，每位諸侯都會攜帶一襲鑲滿珠寶的華貴衣袍送與大堂的聖母娘娘，使得這位美麗的聖母更為光彩奪目，成為阿亨最富有的女人。堂中央的大理石皇位，比祭壇還高，意味著查里曼身份特殊，已然超凡入聖，處於人、天之際。

阿亨出硫磺礦泉，有一條街，幾乎全是清一色的礦泉浴堂。據說硫泉浴可治風濕病，這大概是身患風濕病的大帝，特別鍾愛阿亨的原因吧！

除了文化古都與溫泉浴外，值得一提的是阿亨的輕工業，尤其是針廠，世界馳名，在發明機器以前，粗細針支是靠小拇指分離的。直到如今，阿亨鄉親異地相逢，還會高舉小拇指，來表達招呼問好之意。

二、阿亨工業大學

阿亨工業大學的全名，是北萊茵—西威斯發倫工業大學，成立於公元一八七〇年，迄今已逾一百多年的歷史了。

由於阿亨位於三國交界，擁有輝煌的宗教文化，傳統手工藝，貿易和科技都相當發達，除了無數的紡織工業外，其鄰近還盛產褐煤，周圍有許多金屬加工區。這種種有利的條件，致使昔日弗列特大帝，選擇此地為奠定一所工業大學的處所。一八六五年，當第一塊基石奠下的破土大典時，政府首長們已肯定這所未來大學對其鄰近工業發展，必有其重大的貢獻。

目前阿亨工業大學擁有七個學院：一、自然科學學院，二、建築學院，三、機械學院，四、山林及礦冶學院，五、電機學院，六、文哲學院，七、醫學院。

學生總人數約為二萬三千人，佔阿亨居民百分之十。其中百分之十二為外國學生，男女學生人數比例約為八比二。

近二十年來，阿亨工業大學又繼續擴張，在有計劃及有系統的過程中，迅速增加了許多新校舍，其中最引人注目的，是耗費高達二・三億馬克的阿亨工大附屬醫院，目前它已發展為全歐設備最新穎、最完善的一所教學醫院，在離鬧市頗遠的「賽汾特」，新校舍如雨後春筍，一幢一幢的矗立起來，單就自然科學學院而言，就多添置三十幾個新學科單位了。

阿亨工業大學在德國素負盛譽，畢業生極受工業界歡迎。該校師資優秀，研究設備齊全，歷史悠久，教學研習風氣鼎盛，又因學生大多唸的是理工科，功課緊張忙碌，故較少有鬧學潮的現象，是十分理想的讀書環境。

三、中國留學生

阿亨是一所著名的理工大學。到此地留學的中國人，全都是學理工科的。早期的中國人，都是從臺灣去的，但也有一部分自越南和印尼去的。他們是高中畢業即來到德國，年紀也比較輕。雖然印尼的華僑為數不少，但是，他們大多數不懂國語，彼此間以印尼話交談，和中國同學會的因緣不深。自大陸開放政策以後，則大陸留學生人數有後來居上的趨勢，如今恐怕已不止百人之數了。

中國同學會，是一個正式註冊在案的組織，雖然人數不多，但是益發能顯得出團結精神，彼此相當顧愛。以往，每次的新年同樂會也辦得有聲有色。

記得我擔任會長那年，為了讓同學們過個愉快的春節，我曾徹夜細心籌劃，在正式舞會前、同樂聚餐後，還安排了一系列的餘興節目，如領導合唱啦，跳土風舞、獨唱，還有一場短劇表演。唱歌方面，有萊特城的一群中國護士小姐們助陣；短劇則出動了同學會所有越南僑生，由我擔任編導工作，小劉擔任男主角。至於女主角，則由小馮反串，加上借來的反射燈及逗笑誇張的動作，獲得滿堂喝采聲。土風舞是我在中學時學的：叫做「伸出你的小腳」。大家也樂得興緻高昂。

由臺灣、越南到西德的留學生，除了有獎助學金的外，生活都必須另闢途徑，在學期中，德國是禁止學生打工的。只有在寒暑假，才有賺錢的機會。有的同學喜歡去工廠，有的則在中國飯店托盤子。

在中國飯店工作，待遇應當算是不錯的，尤其是遇上闊綽的豪客，小費給得「馬克馬克」的，相當大方。只是生活日夜顛倒，長此以往，身體吃不消。

一般說來，女學生找工作，比較男學生困難。我曾經有過「二十封求職信，二十封拒絕回函」的紀錄。工廠裏的工作，是十分呆板的機械性的動作。主要是在流動板前，將輸送過來的不同物件分門別類。我曾在印刷廠做過一陣子，也在一家紡織廠消磨過兩個夏天。固定的長期女工，大多是塊頭高大、孔武有力，能吃苦耐勞的中年婦人。在這裏，我深一層認識到日耳曼民族的精神。

最近幾年，由中國大陸派遣出國的中國科學家人數日增。記得第一批來到阿亨的，就有十多人，他們年紀都在四十左右，大多不是按部就班的求取學位，而是研究一兩年的性質。雖然生活比較有保障，但一般十分保守。我還記得有位南京來的姓韋的女士，據電機系的教授說，是位罕有的人才。另外自上海來的一位研究胰島素的朱先生，平常看來木訥樸拙，有一次上臺演講時，卻想不到他竟神采飄逸，儼然學者風，留給我十分深刻的印象。

一九八〇年於香港

萬佛城遊記

前言

兩位美國金山寺的頭陀行者——恆實與恆朝比丘，受到虛雲老和尚「朝拜五臺山」的精神感召。為了祈求世界和平，人類離苦得樂，發心三步一拜，由洛杉磯至烏凱(Ukiah)的萬佛城。全程八百英里，費時兩年餘，其間受盡風霜雨露，饑疲病苦，甚至流氓無賴的棒打，和美國警察冷嘲熱諷。他們一一默然承受。當然，也不乏報刊的讚美和善心人士的慰勉和鼓勵。在《萬佛城》月刊上連載的〈苦行來鴻〉，我認識了這兩位時下不平凡的賢哲，深深受到感動，早已許下參訪萬佛城的心願。

一九七八年夏天，我來到了萬佛城，與當地比丘尼眾共處一個星期，這是當時的日記。

六月二十九日

在三藩市機場一覺睡醒，就踏上開往城中心的汽車。「不去柏克萊舅舅家了，直接去金山寺吧。」我心裡想著。轉了一趟車，才來到第十五街。那是一條偏僻的街道，提著沉甸甸的行李，步行了兩個「布落克」，相當兩百門號，才來到寺門口。那並不是一座大廟，除了橫寫「金山寺」三個大字外，壓根兒找不到一般寺廟的徽跡。我按了很久的門鈴，也不見有人出來應門，心裡頗感納悶。索性坐在門前石級上等待。

門忽然開了，出來一位美國和尚，問明我的來意後，他才告訴我「金山寺」是男眾的道場，無法招待我。我可以打電話去「國際譯經院」，那是度輪老法師門下的女眾道場，也許他們可以收容我。

打了通電話過去，對方是位法號恆持的美國比丘尼。她說歡迎我去住。當時我已疲累不堪，叫了部計程車，去到華盛頓街。這是個寧靜清幽的地方，兩旁都是高尚住宅。而「國際譯經院」是一幢十分古典優雅的房子，到底男女有別。

接待我的，就是和我通過電話的恆持師，她能說一口流利的中文。另外還認識了一位東吳大學外文系畢業的恆清師。她們直爽隨和，顯得甚是親切。而我的感受，不像是遠道參訪的旅客，而是返家的遊子。

她們準備了早點給我食用。中午用過藥石，來了位素珊居士。她負責送幾位法師去萬佛城。於是恆清師、恆和師與我，便與素珊上路。

途中，她們又去「觀音寺」接來了一位曇昉師，這位年輕比丘尼，長得眉清目秀。閒談中，才知道她是誠明法師的徒孫。更令人驚訝的是，誠明法師也來到了三藩市。他鄉遇故人，我定當前去拜訪。

車子在烈日下奔馳三個小時來到達摩市。素珊居士揮汗如雨。下車後，我還來不及道聲謝，她已轉身忙著搬東西了。

萬佛城好遼闊，四面碧峰環繞，近處綠樹成蔭，景色怡人，彷彿人間淨土。這是美國的佛教道場，中國的住持老和尚。西方還是東方？佛法何分東西。這一念頃，已是東西南北，十方三界無不包融。

明天度輪老法師來，明天請開示去。

六月三十日

四時一刻，鬧鐘響了起來，我慌忙爬起床，準備和尼眾一同上殿做早課。天仍然是一團漆黑，伸手不見五指。因為不熟悉環境，竟一跤從高高的石階上摔下來。咬住下唇，強忍住呼叫，支撐起來去上殿。隨著大眾拜佛、唸佛、繞佛。除了〈楞嚴咒〉外，〈心經〉和〈大悲咒〉我是能背的。他們邊繞佛邊用中文誦念藥師如來聖號。早課後靜坐一小時。度老門下全院僧尼都是持「日中一食」的，就是每天只吃中午一頓齋。我是客人，恆清師怕我不慣，告訴我廚房有果醬麵包，讓我自己去吃。用過早點，獨個兒四週蹓躂。空氣清新甜美，天朗無雲，萬里長空，頓叫人忘卻世間煩惱。好一個寧靜的修道場所。

曇昉師和一位居士在招手。她們帶我來到兩株大李樹下。李子一顆顆晶瑩剔透，紅中帶黑，清甜可口。不經人工肥料自然生長。我們吃得不亦樂乎。直到鐘響，才匆匆往大悲殿上供。大殿裡正中供的是千手千眼大悲觀世音菩薩。感覺好親切！

午餐後，度老昇壇講經。弟子在旁即席譯成英文。講的是〈華嚴經三十七品〉。度老囑咐一位清瘦的比丘尼恆隱法師，四時領我去他處。恆隱師也是度老門下的弟子，她是文學博士，中文措詞優雅，一聽即知下過功夫。她帶我去見度老，彼此交談約一個半小時。

七月一日

今日度老講經，及至「一切如來成正覺所」，對老法師的斷句，不甚滿意。本想發問，怎奈座中都是出家眾。整個大殿，幾乎全是度老門人，輪不到我。可巧的是，當他講完一段經，即問道：「你們有甚麼問題嗎?不妨提出來討論。」座中僧尼，紛紛提出疑問，一時間議論縱橫，十分熱鬧。度老每答完一問，繼續重複令大眾發問，直到座中靜默下來，我才忍不住將心中的疑問提出。度老哈哈一笑，說：「嗨!我就是要聽你說話，你果真開口了。剛才我叫發問，也不是對別人說，原是對你一人說的。」他向眾人介紹說，我剛從德國來，還是個修博士學位的。其實座中僧俗，博士碩士指不勝屈。何況，在佛學的修持上，我還不過是個小學生。他老這一說，倒令我慚愧極了。

正在這時間，度老又招手叫我上壇去說話。我把對萬佛城的瞭解，苦行悲智深義，表示讚歎。他老又笑道：「再用英文說一遍吧。」我再用英文重複一遍，然後合掌告退。

至於經文的解釋，他老採納了我的意見。可見他老是「隨順眾生」的啊!

七月二日

度老有個在家年輕女弟子，名叫果影，也住在萬佛城。性情聰敏。是沙彌尼果忠師的好朋友。果忠師不幸車禍住進了醫院，果影常來探望她的病友。在果忠師漸見復原的時候，果影漸漸對佛教生活由接觸、了解而生渴慕，不可刻離。她終於在萬佛城留下來了。

她躺在青草地上，望著悠悠白雲問道：「你還要回德國去嗎？」「是啊！六號我便由芝加哥飛回西德。你呢？還住多久？」「我？」她一骨碌爬起身來，深深地看我一眼，說：「我這一輩子也不願離開此地了。」

今天講經時，老法師道：「果影寫了一篇文章，讓她讀出來給大家聽聽吧。」果影上壇去讀了，大意是說：「法界大學就像一所醫院，這裡的修行人都是發大悲心，救濟疾苦眾生的醫生和護士。首先要自己身體健康，才能照顧病人，確保病人的康復。」所謂「自度度人」之意。她認為如此自然可臻達覺悟的境界。

度老令大眾討論這篇文章，卻引起一番爭執來。有人認為這是一篇好文章，接引初機的佳作。也有人覺得作者本身對佛法修持缺乏了解。自己沒覺悟，如何可以輕言覺悟。若果覺悟果是不勞修證，金山寺門下苦苦修行，所為何來？

辯論激烈時，有一位法師顯得頗衝動。聽說這一位法師是金山寺有名的苦行頭陀。禪坐經月，夜不倒單（即是以禪坐代替睡眠）。還以絕食助修。反觀他今日之表現，容易衝動，不禁聯想到修行之難啊！

記得從前，我曾問過恩師樂果上人：「為甚麼不打坐時，反而心中無事。到盤起雙腿，眼睛一閉，即妄念紛飛，欲罷不能呢？」

師父說：「彷彿人處室中，見不到空氣中的灰塵。待陽光一照，由光線中，覺察到無數微塵搖動。就像你的無數妄念，在心光返照之中，無所遁形。這不是說，你不打坐時，就沒有妄念，只是你不察覺而已。」

人，可以征服世界，可以征服太空，卻很難征服住自己的心。人，可以瞭解複雜萬狀的外界事物，和深奧的宇宙科學原理，卻無法瞭解他自己本身。

七月三日

一早幫忙恆清師清掃院中的落葉後，就去她的寮房裡坐。這時，剛好恆持師也來了，她們便討論起發行中文《菩提海》的事來。我對這位美國尼師特別有好感，她的眼光，充滿智慧與安詳。聽說，她與中國人處得特別好。

有位恆澤師送了我一卷錄音帶。她和妹妹同在度老門下出家。為人溫和厚實，沉默寡言，是「身體力行」實踐派的出家人。

講經後，度老走過我身邊：「你不要走了吧？」「法師，我還有事未辦。」「那麼，你去上上香吧！」

下午，茱迪開車送我們回去三藩市。我請她送我到觀音寺下車。誠明師不在，只有小尼清妙在家。我拿一冊《影塵回憶錄》翻看，十分歡喜。心裡默想，如何向誠明師請一冊帶回德國去，因為作者倓虛大師是我最景仰的天臺宗大師。

誠明師回來，彼此好歡喜。她就像自家長輩。她說：「在這裡，就像在老法師處一樣，不許客氣呀！」她老口中的「老法師」，就是我的師父樂果老和尚。誠明法師要我住下來，並帶我參見智海法師。這位法師是倓虛大師的學生。是位精進不懈，行解並重的東北法師。相貌莊嚴，言談中肯。所謂「誠於中，形於外」。這位法師，看來應為佛門的龍象。

我在誠明師處，一直想請一部《影塵回憶錄》，但她只有一部，不敢開口。這一位剛認識的智海法師，突然自動送給我精印的五大冊《倓虛大師法彙》，當然包括《影塵回憶錄》

在內，真是感到不可思議。他囑我效法倓虛大師的精神，發揚佛教聖德。

七月四日

一早度老來電話，囑咐我去「金山寺」。我說：「我堂舅舅要來看我，我們一道來您老處請安。」

舅舅和舅媽是坐公共汽車來的，他們不會開車。家裡雖有好幾部車，兒女不在，便只得降為「無車階級」了。

堂舅舅是出名的糊塗。他到時我還在樓上，清妙師去開門。只聽到他對著清妙直喊「蓓蓓」，只嚇得我從樓上滾下來，差一點摔斷腳。雖然從沒見過面。究竟我有多大年紀，（清妙只是十五、六歲的孩子。）有沒有棄俗出家，總應該清楚吧！

吃過午飯，糊塗舅舅和我迷了路，找不到「金山寺」。他執意要我去柏克萊他家。與他在一起，慢了不只半拍。汽車上，他老舅一屁股坐到嬉皮身上去了。害得我連聲道歉陪不是。嬉皮就是嬉皮，作風硬是與人不同，既不破口大罵，也不起身讓座。只是喃喃向我訴苦，說舅舅的體重不輕，令他很「不舒服」。

七月五日

在誠明師處，我就偷懶到六時半才起床。誠明師以誦《法華經》為日課。她問我念什麼經，我說：《金剛經》。那天是初一，她們要去另一佛堂。因為新加坡竺摩老法師來了。

度老也到了，我們分乘數部大車去到金山寺，竺老與度老談話，我們不便久留，告辭出來。下午，度老又來電話，說已安排他的徒弟送我去機場，並問我何時回「譯經院」。誠明師說，度老似很重視我。我覺得與出家人有緣，就是一種福份。

回到「譯經院」後，隨大眾做晚課，恆持師把我叫到廚房。她為我準備了茶、點心和水果，並與我談及佛教徒的使命。我正希望對他們深一層了解，一直沒有機會。出家人以修行為重，我不便打擾他們。這一晚，我們談得很痛快。她把「國際譯經院」出版的英文經書，送一整套給我。彼此交換地址，以保持聯絡。並互祝為佛法的宏揚，努力珍重。

七月六日

上過殿，就見恆持師和恆隱師各坐一架打字機旁，戴上耳機，重覆的聽錄音帶講經，翻譯整理。直到恆明師開著一輛大貨車來送我。恆持師坐在我右邊，一邊還忙著修改文章，因為她是《菩提海》的英文主編。到達機場後，她一直把我送到入口，才互道珍重，揮手道別。

看到她遠去的身影，不禁嘆了口氣。這位年輕學人，把個人的學識才華、榮華富貴，淡淡的拋出了她的宇宙。為了「自度度人」理想的實踐，在她的眼中一切都無足輕重了。

一九七九年於美國洛杉磯烏凱

雲師歐遊記述

接到曉雲法師九月底的來信，她決定參加美哥倫比亞大學所召開的「國際佛學會議」，並作寰宇之遊，隨將飛錫歐陸主持比京文淵閣「清涼藝展」的消息，不由心生歡喜，也跟著忙碌起來。

雲師與我未見面已有六年餘了，依稀還記得她領我朝拜湛山寺倓虛老人舍利塔的情景。那一天，天下著微微細雨，塔前香雲縷縷，遠處的鐘聲，耳旁的佛號；冒著雨，迎著風，跑在我前面的曉雲法師，構成一幅「難以言傳」而動人的圖畫。

又記得出國前，曉雲法師恰好回港省親。臨別之前，她握著我的手，平和的說：「出門在外，靠的是一念心。」這句話，至今仍深深銘刻在我的心頭上，我這學佛人看來，這「一念心」的功德，是不可窮盡的。因為一念心就是成佛的心。有一次，在我師父上樂下果老法師跟前，聽講《楞嚴經》時，老法師突然喝道：「一念心光，橫遍十方，豎窮三世，怎麼說呢？

心光無量無邊而不間斷故。」這話充滿禪機，值得三思玩味。

雲師這度來歐，可叫人端得興奮，當即絞盡腦汁，寫好一封遊說的信，把阿亨唱得天花亂墜，非請動她老來此小住不休。

十月廿一日，歡歡喜喜與好友阿緯上路，往比京參見曉雲法師，並欣賞華岡師生聯合舉辦的「清涼藝展」。

郭仁龍兄是曉雲法師多年以前的俗家弟子，聽到師父來，特地清潔一間舒適的房間，兩口子忙著做素菜，侍奉茶水，真十分難得。更可喜的仁龍兄和我共同的德國義父母何吉理夫婦，也從南德乘飛機趕來，參觀畫展。

雲師見到我們，十分歡喜。談到一會，走進來一男一女兩位比國青年，女孩子純真的臉上，綻著一團嬌美的笑容，半含羞地向雲師獻上一朵玫瑰。他們是來自比國「西藏佛教青年會」，聽到有位中國法師來，特地邀請雲師去參觀他們的會址和開示的。為了不拂逆他們的盛意，當日下午，我們便隨侍雲師參觀比國「西藏佛青會」的佛堂。當下又跑出好幾個年輕人來，這個會原是隸屬法國南部的「西藏佛青總會」。為了自食其力，他們還附設一間雜貨舖和一間小食堂，十分有趣。

第二天下午，雲師應文淵閣邀請，講述「禪宗思源」，由一位「佛青會」的比國女孩翻譯成法文，雲師講到禪並不是一般人所想像的神秘之極，希奇古怪的。禪是人人本具，個個現成的，現代人因心思紜繁而忽略了。開拓智慧的生命，必須培養調息心靈，就像一池清水，在無風無浪的時刻，清澈見底。假若風浪起時，則污濁翻騰，只見濁而不見清了。這調息靜定就是禪。禪定功深即生妙智慧。又如眾生煩惱叢多，有如烏雲蔽日，不能明心見性，藉著妙智慧（也就是佛心禪，梵語曰般若），就能吹散雲霧，而露日輝。

在雲師處，如沐春風，只可惜工作關係，週一就匆匆趕回阿亨了。而雲師亦往荷蘭之萊登參觀漢學圖書館，往阿姆斯特丹替中國人說法，緊接著她老還為比國魯汶大學同學演講。十一月六日那天，趁著比利時友人林邁克回家，請他陪同雲師來阿亨。第二天，邀請了此地中國同學聚餐。我們央請雲師展畫，並求解釋畫中的含意。當展開兩幅橫寬的大畫時，題名「雪山苦行」和「成等正覺」，都是描寫佛陀的禪定修行。唯「雪山苦行」在成道前，法師使用了粗澀而剛勁的筆法，刻劃了佛陀當時面臨四面魔軍，錯綜複雜，精進而剛毅的心境。此畫直令人想到憨山大師《夢遊集》中題雪山苦行佛的詩：

其一

萬山冰雪連根凍，一片身心徹骨寒，

不是死中重發活，如何能得識情乾。

其四

心似冰霜骨似柴，六年凍餓口難開，

誰知忽睹明星上，落得盈盈笑滿腮。

至於「成等正覺」一畫，則筆法完全不同，此時的佛陀已完成至高無上的覺境，雲師巧妙的以一種極柔軟、輕鬆而莊嚴美妙的色彩配合，自然中表達了平等、智慧的境界。此外，我們還仔細欣賞了「佛度五比丘」、「不見牛的快樂」、「傳法圖」和「牧牛圖」等。

雲師在阿亨期間，我們又提出過好些問題，阿梅是研究近代中國女子教育的，她便請問革命前後中國佛教界女學情形。阿妙則喜歡學習打坐，也向雲師請益了調身、調息、調心之道。

難得雲師來此，我請假陪她參觀科隆之「東亞博物館」，雲師是藝術家，她對藝術作品另有一番見解，增加不少知識。在館內一幅陳列高劍父的畫前，雲師裹足不前了。因為嶺南畫派的祖師高劍父先生正是雲師學畫的師父呢！那一幅畫，題目為「禪心悟徹若天空」，色彩素淡，畫面和諧祥和，充滿禪機，雲師凝目注視良久，出筆描繪下來，還撰文以為紀念。

雲師又單獨北上，應漢堡大學印度系和漢堡佛教會之邀請，講「般若思想與中國禪」和「佛法在中國」。其後又赴柏林，重遊西柏林之佛寺（雲師廿三年前曾遊此）。再南下，則在我的陪同下參訪慕尼黑各佛教團體，相談甚洽。德國之佛教有四支派：㈠錫蘭、緬甸傳來的小乘南傳佛教，㈡西藏密宗，㈢日本的禪宗，㈣日本的淨土宗。獨未聞中國大乘佛教。作為中國佛教徒，聞此十分遺憾。有些德國佛教徒，甚至不知道中國佛教在歷史學術上的深遠地位，及中國浩瀚三藏十二部之齊備，他們認為，主要原因是，中國法師都不肯出國宏法，如果像日本及其他國家，積極介紹其本國佛教著作、思想淵源，則中國大乘佛法，在此亦必定會受到歡迎的。

雲師匆匆地走了，看著她遠去的背影，瀟灑飄逸。雲師是詩人、是畫家、也是佛學家。唯其對學術、藝術的造詣，無形中成為她學佛的助緣，這是不可思議的，也唯其對佛法的通達了解，才使她的禪畫意境深遠，不同尋常，多年來，雲師對我關切提攜，今在她離開歐陸前夕，撰成此文，遙祝她旅途——向人生至高完滿境界的旅途——愉快順風！

一九七九年二月於古都阿亨

賊大哥來後

房東老太太去意大利渡假去了，就在這天，家裏來了賊。

那天一早，我正匆匆忙忙提著一袋書，待要衝出門去。老太太趕了出來，笑咪咪的和我道別，把那張搽滿櫻桃口紅的嘴，使勁的往我臉上一擦，霎時間，那陣香氣逼使我屏住了呼吸，真是名副其實的「香吻」。猛一抬頭，發現她那褪了顏色的嘴唇，吃了一驚。蹌踉著連退幾步，飛奔下樓，蹲在垃圾桶旁邊的水龍頭拚命洗臉。打開大門，吸了口清晨微涼的空氣，吹一聲口哨，大踏步向研究所方向走去。

我這位房東老太太，生性善忘……我不敢肯定她這健忘症是因為她在衰老。事實上，她老太婆年高八十三歲，外貌嬌巧，狀若六十許人，而且行動敏捷，反應靈活，尤其是她整日裏把自己打扮得一枝花樣。年紀是大一點，但卻不顯老。她曾有過兩次忘了鑰匙，把自己鎖在房門外，欲進無從的慘痛經驗。因此她異想天開想出了個法子，把一片鑰匙放在門外伸手便可摸著的電錶上，這樣，即使她忘了帶鑰匙，也毋須再吃閉門羹了。

卻說當日緊張忙碌了十個小時，拖著疲倦的身體回到家時，老太太人已去樓已空。意外地，房門上卻插了那把鑰匙。我不經意地把它抽出來，口裏還喃喃地在計算著尚未解決的問題。走進屋內，唉呀呀，不好了，賊大哥來過了。衣櫃、抽屜、箱子全打得開開的，且被翻得一團糟。我不覺一楞，轉念一想，讓他去偷吧，反正我沒有什麼值錢的東西，老太太也沒有了不起的金銀財寶。唉，不對，其實我的寶貝也不少呀，照相機、打字機、收音機、錄音機……愈想愈緊張，馬上點查起家當來。

這位賊大哥，總算還有點良心，除了我那架名廠相機外，其餘的寶貝，他都手下留了情，完璧歸了趙。老太太處，諒也損失不大。這架相機，本是我從朋友處千方百計騙到手的，來得不光明，去得也不磊落，是個有價值的經驗教訓。

撥了個電話到警局報案，對方叫我再打電話給刑警。我登時間神色凝重起來，彷彿在演一部偵探片：「我名××，住在××，家中來了賊……」然後，伸長脖子，等待著光頭探長似的人物出現。約二十分鐘左右，門鈴響了，我跳起來趕著應門，一看，不禁大失所望。來的卻是兩位年輕小伙子，既無翻領的晴雨褸，又無低至眉梢的帽子，連副神秘的太陽墨鏡也沒戴，真大煞風景。兩位娃娃警探再三聲明，叫我請房東太太的女兒快去保險公司申報。看來，他們對此案也就不了了之，大概有更重要的謀殺案需要辦理吧，這等偷盜之事，他們自是視作等閒了。

財富人家，遇上了偷盜之事，當然有許多苦惱，沒有錢的，倒可免去了這一種麻煩。我倒認為這件事，公道得可愛。

有許多人，過份看重有形的財物，忽略了內在精神生活。其實，物質僅能提供給人多種生活上的享受，卻不能給予人內在充實與安全感。因為，畢竟身外之物，可得必也可失，這是一定的道理。為什麼要把短暫可貴的生命耗費在這膚淺的物質享受上呢，忙忙碌碌一輩子，連片刻回想的機會也沒有。這種人生，多麼缺乏意義。

不知是那位哲人說過：「愚者生存、智者生活。」生存與生活太不一樣了。人類不必太低估了自己，智者並不是天生的，只要人有沈思默想、培養智慧的機會。體會生活，體驗人生，更進一步，尋求生命的真義和生活的價值。加上七分豁達情懷，三分幽默感，這種處世態度，他才能切實的享受人生。智與愚，原只是那麼一點區別而已。

一九七七年於古都阿亨

達爾克醫生

數日前，往書店請購得久欲購閱的書籍——*Buddha, die Lehre des Erhabenen*《佛，世尊之言》，在西歐國度，可稱是罕有法寶，因為這些國家，仍是以基督教文化為中心的緣故，其他宗教的典籍，則非常之少。這種現象，卻並不能阻擋佛教徒積極宏法的精神。尤其是當我們發見，一些末世的外國菩薩們，如何地努力將佛法帶到他們國人的面前。這裏，就讓我向佛友們介紹一下，《佛，世尊之言》的譯者，德國醫生保羅・達爾克(Paul Dahlke)吧！

達爾克醫生是在一八六五年在東普魯士的奧斯特洛出生的，他自幼便立志當一個醫生。他對於大自然，是極為喜愛的。而其擅長詩文的天賦卻時露異采。完成學業後，他的仁心仁術很快遍佈遠近，尤其以同種療法，使他成為名醫。在他三十三歲那年，他便決定作一次環球旅行，這一次旅行，是這位醫生一生的轉捩點——在印度和日本，他接觸了佛教文化。於是在他心中產生了一種渴望，參訪所有佛教國家和佛教聖地。在這一系列的參訪中，他加深了對佛法的了解，也不斷的加強對佛理的鑽研。從此後，他在書信中，除了談政治、工業、經濟問題外，更將哲學、心理學和宗教列為首要問題。在行醫以外，他不斷的編譯出版佛教書籍。一九二八年出版了"*Buddhismus, Seine Stellung innerhalb des geistigen Lebens der Mensehheit*"《佛教，在人類精神生活的地位》。同時，達爾克醫生出刊了兩種雜誌。其一是*Neu-Buddhistische Zeitschrift*《新佛教期刊》。另一是*Brockensammlung*《雜論叢刊》，此乃實用行持佛學，同時，他又陸續翻譯了*Satta-Pitaka*中之Dhammapada Digha-Nikaya和Majyhi-ma-Nikaya數卷經文。

在一次旅行回德後，他心中忽然來了個主意：在柏林—忽洛老Berlin-Frohnau建築一所廟宇，他說：「我們佛教徒沒有教堂，也不需要教堂。但一些靜坐寺院，使我們能將日常生活的緊張鬆緩下來，一個沈思默想之所，是我們需要的，而且我們也必須嘗試在大都市中建築起來。」當一九二四年，在忽洛老大規模地建設佛教聖地時，達爾克醫生已經身患重病。整座廟宇，合計有三萬平方公尺，包括有大雄寶殿，其他屋宇及華麗的樓階平臺，整個說來，在歐洲是絕無僅有的。

在達爾克醫生之前，一九五七年在可倫坡逝世的南奴天洛卡大師（按：原名安東・哥爾特(Anton Gueth)的德國法師，在錫蘭出家，生平修行譯作，影響巨大，深受世界佛教界重視。）

亦曾嘗試建廟作為。因為他是一位僧人，在西方國家，就不那樣容易進行這項工作。

達爾克是一位不曾結婚的醫生，他的全部財產都可以貢獻在他的理想上。有一次他說：「忽洛老，將成為全德國佛教徒的集中地。」

當廟宇建成時，他指著那深富東方色彩，古色古香的日本式圓門說：「這裏你們可以見到，不是人，而是一個理想在建築著。」在大雄寶殿前，有數級石階，石階上正門右側有一平地，種植有美好蒔花。正殿內地板是大小不同，色彩調合的瓷磚。那裏可供人靜坐。直到他去世那一天（一九二八年二月二十九日），達爾克醫生不僅是許多病人敬愛的好醫生，同時，他的事業在忽洛老也是成功的。逝世前的那一刻，他微微含笑，頭腦十分清醒地離開了這個世界。

現在，忽洛老是屬於「德國佛教協會」(German Dhammaduto Society)的。

達爾克是德國佛教致力甚深的人。此外，還有喬格・格林博士(Dr. Georg Grimm)，一位很早便放棄其律師生涯，而努力於佛學的人。

達爾克和格林是相輔相成的，格林比較著重於宗教虔誠，而達爾克則致力於生命的剖析方面，格林的作品有 *Die Lehre des Buddha, die Religion der Vernunft* (Piper Verlag Munich, 1925)《佛學，理智的宗教》他在此書中述道：「我之所以消逝——當進入過去時——觀察到我的苦在消逝，這決非我的自性。現在，我觀察到所有在我心內起分別者都在消逝——進入過去時——帶給我苦惱，所以『能』分辨的決非我的自性。」在他的另一作品*Das Glück, die Botschaft des Buddho*《幸福，佛陀的訊息》中，他寫著：「我見，在無常中，我之生與滅帶給我痛苦，這非我的自性。現在，我見我之五蘊自生自滅，而由此種無常帶給我痛苦，因此他們決不是我之自性。」

這一本書，《佛陀，世尊之言》，乃是四十九種經文集合而成的，多是演說小乘佛法中的教義，如四聖諦、八正道、十二因緣等，是由巴利文譯成德文的。譯筆十分流暢通順，可作朗誦，亦可默唸。兼以用字通俗，易於引人入勝，是不可多得的一支譯筆。（參考Martin Steinke先生為《佛陀，世尊之言》一書所作之序言。）

一九七六年二月《華學月刊》

曼漢訪友記

自從柏棠在曼漢找到工作後，不知來電催了多少次，要我去看他。這一次家結和勝梅也去了，他便打電話來吵我：「老馬，你到底是來還是不來？」

「沛釗不來，我又沒有車子，怎麼來？」

「那你就勸勸他來嘛！」沒頭沒腦的就掛斷了電話，都已經是工程師了，還是那麼孩子氣。

打了個電話給沛釗：「怎麼樣，你想去嗎？」

「柏棠已把我吵得頭昏了，去吧，去吧！」

柏棠、沛釗、和柏棠都是越南華僑子弟，在阿亨工業大學完成了電機系的學位後，只有沛釗仍留在阿亨附近工作，柏棠和鴻展都到了曼漢。

第二天一早，沛釗來接我和阿燕上路。阿燕是柏棠的小妹妹，她姊姊一家剛從越南逃出來不久，在曼漢附近安頓了下來，阿燕正好和我們一起上路，去探望她的哥哥和姊姊。

車子來到艾殊威勒，沛釗才發現忘了帶駕駛執照。車行已有數十公里，進退兩難，硬著頭皮繼續向前進。正午時分，才駛進艾豪森，那是柏棠二妹家所住的小鎮。誰知柏棠卻不在，打電話去找鴻展，也無人接聽，可想週末他們當然在一塊，可是究竟去那裡了呢？

我們愈想愈生氣，三百多公里的路，把我們找來，自己卻不知何處找樂子去了。雖然他妹妹一家都熱誠好客，究竟比較生疏，沒有老朋友見面的那種親切。一直等到下午五點多，柏棠才施施然自外歸來。我還來不及責備他，他反倒惡人先告起狀來：

「你們是怎麼又想到要來的？我已肯定你們不會來了。老馬不是說要準備考試嗎？今天我們一早就去海德堡啦！家結和勝梅剛回阿亨去了。」照他的說法，反倒是我錯了，真是百口莫辯。

柏棠妹妹一家是乘「海鴻號」難民船逃出越南的，原住在法蘭克福的難民營。當艾豪森這座小鎮的居民申請照顧兩戶越南難民時，他們就決定來了。這是他們聰明之處。其他的難民都希望往大都市裡跑，卻不懂得只有在小鎮的人情味才特別的濃厚。

這小鎮的居民待他們有若上賓。他們住的地方，乾淨俐落，傢俱一應俱全，都是附近的居民送來的。冰箱和洗衣機，還是大家捐錢新買的。鄰居們這個送蛋糕，那個送水果，熱鬧得不可開支。

房東夫妻也因為他們的到來，倍感興奮，對他們像自己家人一樣照顧。客廳是落地的玻璃窗門，打開是一陽臺，陽臺四週可種植花卉，臺階下是一個偌大的花園，佈置非常雅緻。房東顯然是很懂得生活藝術的人，他以鮮艷的花徑環繞著一大片青綠色的草坪，既養眼又不俗氣。花園再向外望，稍遠處的左方有一片濃密的森林，當日黃昏，柏棠就領著我們在森林中散步。他還戴著手套去採一種尖尖的葉子，他說可以炒來當菜吃，我卻說他非把我們毒死不可。

當這道青菜端出來時，味道也十分可口。柏棠這個人總是奇奇怪怪的，這也是他可愛的一面。

晚上柏棠妹妹一家人，都擁進了臥房，把客廳留給了我們三個老友。他們讓我睡在靠屋角的一張床，柏棠自己則睡一張沙發椅。熄燈後，他還強迫我們聽他的羅曼史，只好聽他講故事了。

半夜我把厚厚的棉被蓋得只剩一個頭。這一邊只聽得沛釗的床嘰咕作響，那一角柏棠卻鼾聲大作，還不時用德語在罵人。那麼難聽的「深夜交響曲」，我不得不失眠了。

第二天一早，柏棠就催著我們快用早點，然後開車向鴻展的住所出發。到了他家門口，按了半天鈴，也不見動靜，才要轉身離去，話機裡已傳來濃濃睡意的聲音：“Hello, wer ist denn da?”

鴻展也是在曼漢擔任工程師，月入自是不差。一間精緻漂亮的大房間裡，書本，報紙，攤了滿地。桌子上還有前一天的殘羹剩飯，好個標準的王老五。

等不及鴻展吃完早餐，就把他前呼後擁推下了樓。向著海德堡古城進發。

首先來到「童話世界」，其實只是個比較大的兒童遊樂場。我們這些「老」而「童」，從不放過「返老還童」的機會，射水球，推不倒翁，也會逗得我們哈哈大笑。漂亮的玻璃小屋內，機動的童話人物，雕塑得可愛逗趣，錄音機不斷的播放著屋子裡的童話故事。那一旁的青草地上，躺著丈餘長的加利文(Gullivan)，他的肚子一鼓一鼓的，睡得正香甜，利利普國的小人們，正團團把他圍住，還用繩子在綑綁他呢。

來到一條用鋼索牽動的巨型爬蟲前，我們每人站在蟲背的一個環節上拍照。有位德國大漢看我們玩得有趣，跑過來拖動了鋼索，巨蟲奔跑起來，我們更樂了。

遊過了「童話世界」，再沿著尼加河畔的蛇道，向著哲學家道往上爬。蜿曲的蛇道，真像一條盤旋著的巨蟒，且越爬越高。柏棠樂得像個瘋孩子，時而要和我賽跑，時而又嚷著要跳舞，大概就是他這活潑的個性，與「桃花運」竟結下了不解之緣。

哲學家道只是一條普通的小徑，迴首向尼加河望去，河上的石橋，對岸的古堡，還有古老的大學建築，那正是影片「學生王子」的發源地。景色幽美，如詩如畫，怪不得「我把心留在海德堡」了。(「學生王子」的主題曲)

忽然間，柏棠發現了爬出牆外的茉莉，忙叫鴻展抱他去採下一枝來送給我。我還貪心不足：「要偷就偷兩枝大的。」於是他又偷了兩枝，我們才加快腳步跑開。

下午回到曼漢城，天已下雨，沛釗怕太晚開車不便，尤其他沒帶駕駛執照，就催著要走。我們繞城一週後，喝了杯咖啡，才告別柏棠、鴻展，離開了曼漢打道回府。

一九八〇年於古都阿亨

畢業

論文通過後，原是定在六月廿四日考口試的。怎奈第二主考官達拉克教授突然生病進醫院，動了手術，口試只得延至七月三日舉行。

考試前一晚，心神恍惚。連灌兩大杯紅酒下肚，仍是翻來覆去、輾轉不能入寐，數度被睡神驅逐出他的領域外。當第一道曙光射進窗簾時，我已迫不及待的爬起身了。

出門時，天下著霏霏細雨，叫了部計程車回校後，便直接竄進計算機室。波卡見我神色倉惶的撞進來，連忙慇懃的給我開了瓶汽水。一面笑嘻嘻的盯著我瞧，打趣的說：「遜，今天你好漂亮啊，待會兒教授們準會刮目相看呢。」

十點半一到，我便走進了考場。首先是十分鐘的論文報告，扼要報導該研究的動機、實驗方法與結果。接著下來，是主考教授們窮鍥不捨的追問。五十分鐘下來，我已像度過了漫長的一世紀。史泰德教授著我在秘書室等候公佈成績，我早聽到門外鬧哄哄的一片嘈雜聲，心情卻異常沉重，總覺得還考得不夠好。

教授室的門開了，史泰德教授迎了上來，向我道喜：「我很高興的告訴你，你已經以sehr gut的成績，通過了這一場博士口試。……」接著我的指導教授弗萊殊豪爾，還有達拉克教授，和史坦貝克教授都上前，和我握手道賀。

走出門外，但見走廊兩旁夾道以迎的朋友和同學。德國沒有正式的博士袍服，狄孚剛替我披上同學們特製的「道袍」。再為我端端正正戴上一頂「博士方帽」，那模樣可與「嘉年華」的帽子比美，這才算大典完畢。我彷彿仍在夢遊，只會呆呆的伸手，接受他們的道喜。波卡走過來，含笑用他的短髭在我的臉上紮實的刺了一下。他的女兒小碧妮，遞上一束鮮紅色的康乃馨。人群中，我見到錦文和家結，還有剛生過孩子不到兩星期的好友烏沙拉，一剎那間彷如大夢初覺，幸福的狂潮淹沒了我。

突然間，鞭炮聲響了起來，我知道這是波卡的把戲。他曾說放鞭炮，驅邪辟鬼，是我們中國人的習俗。此刻，他又在我耳邊悄悄說：「有一隻大大鬼，是趕不走的啊。」我知道他所指的「大大鬼」，是我們的博士父親(Doktorvater)，長得又高又大的弗萊殊豪爾教授，不覺哈哈笑了起來。我們一面喝著香檳酒，一面欣賞著我的「博士帽」，留學的目的，終於在這一天大功告成。

我的「博士帽」，方方正正，也有一束鬚，頂上有座似模似樣的中國塔。三隻小藍妖，笑容可掬；一隻恐龍，象徵幸福與吉祥。正前方有一隻「小猴子」，抱著這一天農曆的年月日。「品質評鑑：非常好」幾個大字，正代表朋友們對我有信心。

在那一襲黑色的「道袍」上，貼滿了令人捧腹的剪報。一行整齊的中文字，特別醒目。「恭喜您得到博士畢業，一九八〇年七月三日，友……」，一陣溫馨甜蜜的感覺湧上了心頭。

中飯是和好友們去學生餐廳吃的。飯後我不願獨自回到那空寂的小房間，一口氣在所裡打了好幾通長途電話。狄孚剛似乎猜透了我的心意：「遜，你想去那裡，我開車陪你去。」

「後天的慶祝晚會，我絲毫都未做準備，你就帶我去買東西，好嗎？」

當晚波卡（他是在六月十九日通過口試的）和我合請了弗萊殊豪爾教授和系裡的同學們，到城中心的百年老店Degraa喝啤酒。我們十個人共喝了八十馬克，真是海量驚人，弗萊殊豪爾教授眼見兩個愛徒出師，不知是高興還是惋惜。

第二天，為了準備七月五日的晚會，整天沒回研究所。狄孚剛來幫忙我切菜，做中國菜靠的是準備功夫。這個大男生心倒頂細的，三個多鐘頭切絲切丁，他並不嫌煩。三磅洋蔥，直切得他眼淚汪汪。我不禁取笑道：「唉，唉，我還沒走，你怎麼就哭起來啦！」

七月五日下午，狄孚剛接我回研究所。波卡和我合辦的「慶功宴」，就在所裡有頂的天臺花園和研討室內舉行。除了有機化學所的同事外，我二人又分別邀請了自己的朋友，總計來賓百餘人以上。

最早到的是研究所的同事，老校工科爾先生和太太都來了，他們是我邀請的客人。不一會，馬克思布朗克研究所(MPI)的巴克勒博士到了，我趕忙迎上前去與他寒暄。這位優秀的科學家，原是東德人士，然愛好自由，始投奔西德。他和我們甚是有緣。這次我曾兩度邀請他，因人不在，只得在答錄機留話，卻也不敢奢望他來。想不到他竟開了兩個多鐘頭的車來到阿亨，令我們感覺好生榮幸。

至於我的私人朋友，除了阿亨的同學外，還有來自慕尼黑的劉芸秋，來自艾森的呂鑫，來自曼漢的馮柏棠、林鴻展，來自孟辛格拉巴的護士廖淑琴、倪鳳飛、吳淑昭和侯小康，最可感的，是坐七小時火車專程來自紐倫堡的許芳容。他們帶來的，不單是禮物、歡笑與祝福，而是濃得化不開的友情和永恆的回憶。

音樂響起，我早拉起柏棠跳起舞來。「今晚，我要盡情歡樂！」中國朋友們都和我跳過舞後，我又跑去與外國朋友們共舞。我這近乎「野」的行為，把所裡的同事們看得目瞪口呆。平日他們所認識的，只是個斯斯文文做研究的「我」啊！

來賓超過預期的人數，幸虧食物準備得豐富，做主人的，聊可告慰。深夜，忽然間傾盆大雨，興奮未減，但疲累已經按捺不住，漸漸發揮了擴散作用，我們始盡興而歸！

週日，送走了遠道來的朋友，回到我的小書齋。翻翻這份禮物，看看那張賀卡，惆悵之情悠然而生。這座小城，這許多朋友，八年的歲月，豈是灑脫的一揮手所能擺得開的麼？淚水第一度因別離潤濕了我的雙眼。

一九八〇年七月八日於古都阿亨

波洛克工廠之邀

一、波洛克工廠

抵達法蘭克福的清晨，天正下著微雨，披上大衣，也難擋那刺骨的寒風。幸好波洛克工廠的布朗先生來接我，長途旅行的疲累才一掃而空。雖然是週日，我仍要求布朗領我去參觀那嚮往已久的波洛克工廠。

波洛克工廠是享譽全球的核磁共振儀製造工廠，位於卡斯魯城郊外的小鎮，名叫富斯海姆。全世界第一部超導磁場的核磁共振儀，就是該廠研究發展出來的，像這樣一所馳名國際的大廠，並不是我想像中的高樓華廈，全廠僅有二樓平房，廠地的面積也不很大。

波洛克工廠的科學家和技術人員，待客都很熱誠。尤其是布朗先生，對我的照顧更是週到。他們原來招待我住在卡斯魯城中心的一家五星級旅館，但我卻堅持搬到工廠附近的農家小旅舍，包括早點每天才三十五馬克，約值臺幣五百元。

農家所經營的小旅舍，精緻典雅，十分舒適。窗外有一株盛開的梅樹，德國人卻指為櫻花。我感到一種莫名的傷痛，梅花和櫻花在精神和本質上，是截然不同的。唉，苦難的梅花！苦難的中國！

另外一位應邀訪問波洛克工廠的，是生物系的李寬容教授。他住進了另一間農家旅舍，離工廠僅五公里。波洛克工廠為了他往來方便，竟替他買了一輛嶄新的腳踏車。他想騎到法國邊界去瞧瞧，布朗說：「如果你迷了路，只消找一間酒吧坐下來。最好告訴他們，你是波洛克工廠的人，別人一定會對你另眼相看。」

「為什麼呢？」我不禁好奇的問。

「因為大家都知道波洛克工廠的待遇低呀！只有家境富有的人，才會到波洛克工廠上班。」他慢條斯理的說。

「你們比起西門子的待遇如何？」李教授也發問了。

「我們的收入，大概只有西門子的一半，但是我們仍然選擇波洛克。因為這裡我們充分受到尊重。上下班不必打卡，工作情緒高昂時，我們可以做到廢寢忘食；而當情緒低落時，就走進附近的酒吧，灌下幾杯啤酒，輕鬆一下，與同事們討論一番，第二天又恢復了往日的工作幹勁。

在某些機構，首先你就失去了自己的身份。因為那裡的員工都是編號的。於是在那些工廠的你，不是你本人，而只是一個代碼。不像我們這裡，我永遠是布朗，他永遠是強生。」

是的，人受到尊重，才能更主動、更有效的發揮他的智慧與潛能。

二、卡勒教授的盛情

抵達卡斯魯後，我便打電話給卡勒教授。聽筒的另一端，響起卡勒教授親切熟悉的聲音：「你稍等，我馬上過來，接你到我家坐坐。」還不到片刻，他已出現在旅館的大門口。

卡勒教授是一位物理學家，他是卡斯魯工業大學前任副校長。兩年前應邀來臺，與逢甲大學簽定學術合作書。同時也訪問了國內幾所著名的學府。到成大時，我為他安排了一場專題演講。講題是：「西德的大學教育制度」。我們的同學反應十分熱烈，在講臺左方的黑板上用德文寫著：Dr. Kahle, wir lieben Sie!（卡勒博士，我們愛您）幾個大字。當他們回德後，我們就不曾斷過通信。此番遊德，他夫妻曾力邀我住宿他家。我以往返工廠不便為由，婉拒了他們。

卡勒家離大學很近。我們到達時，遠遠只見到佇立在寒風中等候的卡勒夫人。那一份對異國友人的執著，頗令人感動。

那個週末，卡勒夫婦邀請我和李教授參加繞城的旅行團。對卡斯魯城的歷史與文化有了初步的認識和了解。次日，卡勒夫人又陪著我們遊巴登巴登。那是黑森林中的一個聞名的小鎮，景色委實宜人，婀娜多姿，有股說不出來的嫵媚。森林中的空氣新鮮，沁人脾肺。該城的居民大多是退休的有錢人，他們選擇了這一份寧謐，安養天年。

卡勒教授的款待十分慇懃。經常白天打電話至工廠，下班後接我去他家喝酒聊天。就在我離開德國赴瑞士的前夕，他邀請了物理系四位教授及其夫人們，到他家作客。

卡勒把我介紹給他的朋友們，話題竟由臺灣的現況，談到香港的未來；由大陸留學生的苦悶，談到中國人的信仰。夜愈深，談興愈濃，空酒瓶愈堆愈多。我微醉了，不知是量淺，或是異國友情濃？

三、瑞士家庭桑德埃格

記得從前看過一部電影，片名是「瑞士家庭魯賓遜」，印象極深刻。這次旅遊瑞士，結識了桑德埃格一家人，是在核磁共振研習外另一收穫。從今以後，談到瑞士，我就會想起瑞士家庭桑德埃格。他們的真摯、坦誠和濃郁的人情味，使「瑞士」成為一個更親切的名詞。

四月十四日，波洛克工廠安排我和李教授，前往蘇黎士訪問瑞士分廠斯派克羅斯賓。雖是週末下午，該廠艾格禮博士仍到火車站迎接。他手裡搖晃著一本核磁共振的雜誌，我和李教授相視一笑，馬上認出他來。

當天下午，艾格禮陪我們在湖邊散步，到山頂喝咖啡。鳥瞰蘇黎士的全貌。傍晚還邀請我們到一家豪華的大酒店共進晚餐。席間他為我們介紹了瑞士的歷史，還談到了核磁共振學的新發展。

談到「競爭」，他說：「我相信競爭。有競爭，才能帶動進步繁榮。舉個明顯的例子，這些年來，日本的鐘錶業突飛猛進，來勢洶洶，幾乎令以『鐘錶王國』著稱的瑞士難以招架。瑞士政府在痛定思痛的情形下，鼎力鼓吹研究，大力投資，改良設計，精益求精，使瑞士的鐘錶重獲國際市場的肯定，而瑞士的鐘錶業也重現曙光。」

「這麼說來，你們的儀器可以與美國的威林(Varian)公司一較長短啦？」

「我們對於自己的競爭能力，深具信心。」艾格禮微微一笑，謙沖中透出一份自豪。

第二天一早，與桑德埃格一家，約好在火車站會合，我們計劃暢遊瑞士首都伯恩的雍夫拉約克山(Jungfraujoch)。由蘇黎士出發，路程十分遙遠，要換好幾趟火車。一路行來，只見窗外顯現一片歐洲的初春氣象：天氣晴朗，陽光普照，山青水秀，一幕幕呈現眼簾。我們一行六人，彷佛有說不完的話題。桑德埃格的太太克蕾兒與我似曾相識，一見如故。他們兩個男孩，是十三歲的丹尼和十歲的霧斯。都生得一頭金髮，藍眼紅唇，白皙的皮膚透著桃紅，英俊清秀。最初見到我們時，還有些兒怕生。除了會甜甜的微笑，不大開口說話。不一會兒功夫，霧斯已經纏著我要學中文字了。這個孩子，實在討人喜愛。手中只要拿起一本書，就渾然而入忘我之境。任何人、任何事，都無法令他分心。他的哥哥丹尼，就和其他的男孩子一般，比較貪玩。

登上三千四百五十公尺的雪山，四面但見峰峰相連，一片白皚皚的；有一種肅穆蕭殺的氣氛，彷佛已經來到了世界盡端。

高山上有許多的滑雪人，滑雪是瑞士人熱愛的運動。丹尼和霧斯在學校裡，早就有了這門課。克蕾兒指著山腰對我說：「在那裡，常有被大雪掩埋，凍餓而死的滑雪人。」

第二天晚上，桑德埃格邀請我和李教授到他家作客。他們住在蘇黎士的近郊，有一幢典型的瑞士農家房子，室內大概一百多坪。桑德埃格對於房屋的改建和設計，很有心得，憑著他的巧思和巧手，把農舍佈置得古意盎然、既典雅又精緻，令人欣羨不已。

桑德埃格一家都好客，不久前，他們曾招待過十九位來自大陸的中國科學家，遊覽瑞士風光，還邀請了幾位回家作客。當他們離開瑞士時，面對桑德埃格這一家異國友人的溫情和關愛，忍不住依依不捨、熱淚盈眶。

我們和桑德埃格分手不到一個月，又在清華大學見面了。他們來臺僅三天，我和李教授為了與他們見面，冒著傾盆大雨，特別由臺南趕到新竹。我送給他們一個香爐、一盒線香、一套老人茶具、一罐凍頂烏龍，還有一對中國燭臺，要為這個瑞士家庭，增添一份中國的情調和色彩。

完稿於一九八四年於臺南成功大學

再見古都阿亨

一、重返阿亨

這次接受波洛克工廠的邀請，在西德卡斯魯的波洛克本廠及瑞士蘇黎士的分廠，觀摩學習核磁共振儀的新技術，深慶獲益良多。三個星期很快的過去了，恰逢一年一度的復活節。我即整裝北上，有意重遊昔日寒窗苦讀了八載的阿亨。

那是耶穌受難日的清晨，我離開了卡斯魯的旅館「老錢幣」，坐乘北上的火車，車廂裡的旅客不多，我選了個靠窗的位子坐下。觀賞窗外風景，怡然自得。萊茵河兩岸熟悉的垂楊綠柳，城堡廢墟，顯得份外親切，心情也格外的輕鬆。車到科隆，我必須在此換車，於是，撥了個電話到阿亨找勝梅：「你快找個人到車站來接我，要找個我認識的啊！」

一小時後抵達阿亨——這個古樸寧謐的小城。一眼便見到勝梅，她找來接我的是沛釗。勝梅笑道：「這個人認不認識呀？」我也笑了：「嗯，好像那裡見過。」

沛釗接過我的行李，我們直往勝梅住的宿舍，勝梅的丈夫家結去了新加坡，她把兩個孩子交給外婆，好與我剪燭話舊，真是煞費苦心，只是，苦了孩子們。

當晚，我們去龍鳳飯店，劉老闆請客。這家人和我很熟，過去我曾替他家小孩義務補習，幾年不見，孩子們長高了。老二嫁了個德國人，肚子也微微鼓了起來。

勝梅說：「今晚我要陪老馬過夜生活」。於是，我們來到城中心，看了一場電影，是芭芭拉史翠珊演的，片名「嫣蒂」。故事內容倒有幾分像「梁山伯與祝英臺」。但是，劇中的女主角嫣蒂是位堅強獨立的女性，為了求學，她拋棄了心上人，繼續追求她的夢。

電影院旁有家雪糕店，我三人走了進去。我喝了杯濃咖啡，勝梅吃了盒冰淇淋。有趣的是，回去以後，她翻來覆去睡不著，而我卻酣然入夢。

二、小城記遊

吃過午飯，沛釗約我們去郊外玩。蒙少是座古意盎然的小城，離阿亨約三十公里。那裡有山頂的廢墟、高聳的古教堂，風味獨特的建築物，還有小橋流水，清幽古道，滿佈青藤的峭壁山崖。當地紡織業很著名，其中最有名的工廠，叫做「紅屋子」，外型和色彩都相當突出，成為遊客們爭相獵影的對象。

傍晚，回到阿亨後，我們來到一家新開張的「亞洲飯店」。店老闆是臺灣人，一臉的憨厚老實。老闆娘是四年前抵德的華裔越南難民。她還記得我在難民營唱歌，那時候，我曾在難民營教過德文。他們親切的叫我馬大姊。這對夫妻是在德國認識的，也算是千里姻緣一線牽吧。餐館門口「亞洲飯店」四個大字，還是出自沛釗的手筆，怪不得看起來熟口熟面。

三、桑恩之約

去年聖誕節，收到桑恩老校長的賀卡，顫抖的手寫的字體，分明顯示著他有病。這一趟，原不敢驚動他。聽說我來了，他堅持要盡地主之誼，請我到阿亨最豪華的貴命大酒店進餐。電話中，我告訴他，成大夏校長委派我，拜訪姊妹校的首長，並希望進一步加強實質關係，尤其成大醫學院剛成立，兩校的醫學院若能在學術方面合作交流，相信對兩校間友誼，必能加強加深。

在貴侖大酒店，見到了老校長桑恩和現任阿亨工業大學副校長烏布希。桑恩老校長已退休，當年他和成大老校長倪超簽訂兩校的學術合作書，中共大使館曾派人與他談，施加壓力，還說他的做法，會嚴重的影響中德關係。但是，他不加理睬，他認為：「政治不可以干涉學術，而學術也不應該受政治支配。」

記得那一年，校長室派人來找我，是我第一次面見桑恩，他請我把那份中文的學術合作議定書翻譯為德文。說來慚愧，那時候因為生活拮据，經常將德文報章雜誌翻翻寫寫，寄到香港賺取稿費。這件事，為阿亨工大外國學生辦事處的主任知悉，是他把我推薦給桑恩校長的。為了這篇譯文，校長還問我索取多少報酬，當時我拒絕接受任何代價，因為我是中國學生，有義務做任何有益文化交流的工作。

自從締結姊妹校以後，桑恩也曾兩度接受邀請訪華，兩年前，他榮獲成功大學頒贈的榮譽博士學位。他對我國的感情相當深，尤其欣賞蔣緯國將軍，認定他是自己的好朋友。

烏布希教授是醫學院的教授，兼任副校長的行政工作。他邀請我參觀阿亨工業大學的醫學院，並打算介紹一些教授與我認識。

飯用過後，老校長帶病的身體已無法再支持，當烏布希教授去開車的時候，他說：「在阿亨，為了推動與臺灣的友好關係，我一人孤軍奮鬥。你知道，多不容易啊。慢慢來，相信總會找到一些人，加強我們彼此間的友好及合作關係。」

回到宿舍，時鐘正指九點，勝梅去看孩子們去了。靜悄悄的，心裡好難過。想到老校長桑恩，為了我，為了加強和我國學術文化交流，扶著病體，勉強赴宴，並聯絡我想見的人。這真是一位堅強勇敢，可欽可佩的老人。

四、魯爾大學之邀

勝梅陪我去波虹，找到了孟憲鈺博士。原來促進魯爾大學與我國大學合作的，是他的老師昆池教授。昆池教授很熱心，替我聯絡醫學院院長哈東教授，還安排我會見化學系的教授史納斯基。

當晚住在孟博士家，正愁著沒有攜帶禮物贈送哈東教授，孟博士即翻箱倒櫃的找出一幅古畫複製品，給我送人。他的慷慨成人之美，實屬不可多得。

第二天一早，先拜訪了史納斯基教授，他是位大鬍子，我遞上名片，敞開英文字的一面，而他卻故意翻開中文字，把字意譯出來，好令人驚訝。原來這位奧籍教授，二十年前到過北平，難怪他辦公室裏，到處可見中國字畫和擺飾。最有趣的，牆上還寫著「不許吸鴉片」五個大字。史納斯基又介紹我一位研究核磁共振的多戴克博士，只因約好了哈東教授，不得不匆匆離開。

哈東教授詳細的介紹魯爾大學及其醫學院成立經過，只因教學醫院耗資過於龐大，所以魯爾大學與鄰近四間著名醫院合作，利用他們的環境設備，遣送學生前往實習，本身卻不具備教學醫院，結果績效甚佳，而贏得「波虹模式」的雅號。

我將孟博士的畫轉送給他。恰好他的夫人也跟一位韓國太太學過中國畫。他也深知中國畫的功力，可算送對了人。接著，他介紹他的系所及研究重點。哈東教授是位肺部解剖學專家。只見他的學生們抱著髒兮兮的乾肺，向我解釋正在進行中的研究。另外參觀了一部RASTER電子顯微鏡的操作，裏面的試樣，是一個屬於礦工的肺部橫切面，可以觀察並分析各種元素的含量，那位礦工的肺裏，顯然矽的成份特別高，我看著非常有意思。

五、阿亨工大醫學院

週五那天一早，阿亨工大副校長烏布希來接我，參觀大學醫院。這座龐大怪物，在我離德時，正在興建中，如今但見它巍巍矗立，色彩艷麗，與一般醫院的形象截然不同。據說，啟用之初，好些教授都拒絕搬進去，可見一般德國人觀念還是相當保守。這座醫院的設備，聽說是全歐最新式的，耗費二・三億馬克，是原預算的三倍。曾倍受報章強烈的攻擊，引起過一場風波。

烏布希教授介紹了好幾位先生與我交談，其中兩位是我在寫論文時早認識的。最後，還見到一位病理學家凡・凱沙林教授。這位先生為人和藹坦誠，能言善道，他最有心得的是腦部的研究。他的實驗室，上下兩層樓，少說也有二十多間，儀器及教學設備，相當充實。他介紹每一位學生與我認識，還解釋他那三度空間、立體顯影，以透視腦部結構的研究，留給我十分深刻的印象。

六、離別、再見！

在這一週裏，除了為學校做了點「外交」工作外，彷彿一切又回到從前，時間並沒有拉遠我和朋友們的距離。晚上和幾位同學去遊樂場，驊登說：「你想吃什麼、玩什麼，儘管說，一切為你免費。」灌下幾杯啤酒，不知何時離愁竟悄悄爬上心頭，我沈默了。

人的一生中，大多的日子都是平淡的，只有在特殊的情形下，因緣聚會，即使是短暫的片刻，也能激起燦爛的火花，構成永恆的回憶。

我又走了，不過，我還是會回來的！再見，阿亨。

一九八四年七月十六日《中華日報》

日本行腳

如果不是小胡的安排，如果沒有大塚製藥株式會社的邀請，我不會想到日本去。因為大塚製藥也有核磁共振光譜活體研究，所以感到興趣，飛停日本，作了一個星期的訪問。感覺上日本也不再那麼遙遠而陌生了。

飛機抵達羽田機場，小胡與一位右賀先生來接我，大約一小時的車程，繞過東京來至新宿，住進名為「華盛頓」的旅館。初到東京，感受上是高大的建築物直衝雲霄。空氣污染相當嚴重。天空蒙上一層灰霧，可稱得上是不見天日，比臺北有過之而無不及。

然而馬路上的交通秩序井然有條，車流如織，卻看不到群車搶道的混亂。過馬路的行人，可以從容穿越斑馬線，但依交通號誌，毋需環顧四面車輛。

日本人好讀書，幾乎人手不離。雖然大多數看的是漫畫書。此外他們工作勤快，重視團體的利益與榮耀，常常犧牲與家人共聚的時間加班，怪不得有今日傲世的科技成就。

小胡告訴我，日本人做生意，特別重視市場調查和分析。若是有潛力開拓的市場，往往不計成本彈性降價。若是展示品，甚至可以賣到原價的一半，亦不足為奇。抵達日本後的第二天，便離開了東京飛往德島。

三浦巖博士花了九年時間，在美國哥倫比亞大學從事研究工作，現任大塚製藥株式會社，生物能研究所所長。他主要是研究生命現象，如細胞老化的原因、程度及防治方法等問題。

目前他正以老鼠的肝進行一項實驗。他說一隻健康的老鼠，即使注射入致癌藥物，癌細胞並不易擴散開來。但是經過切割手術以後，則肝癌細胞之成長非常快速。我覺得這倒蠻像移花接木的道理，在切割面特別容易生長。我有位朋友患肝癌，中壢有位中醫師，勸她不要動手術，才願意為她作中醫治療。

晚間，三浦巖和中川兩位，說要為我介紹典型的日本夜生活。我還以為是日本傳統藝妓表演之類，誰知卻是風行臺灣已久的卡拉ＯＫ。我一向不好此道，嫌它太吵，這一會卻來日本開洋葷了。坐了一個小時，我假裝頭痛，回旅館休息了。

次日清晨，我趕往實驗室，去了解他們的研究工作。有一位年輕醫生正拿老鼠做心臟實驗。他將老鼠的心臟去除筋肉，浸入生理食鹽水中，用塑膠容器包裹，放進試樣槽，再令生理食鹽水流過，並以冷卻系統使槽內保持攝氏二度的低溫，用磷光譜的變化來觀察，一個心臟摘下後的生命時間，作為移植器官的參考。

中午時分，中川先生帶我去參觀大塚種植的蕃茄樹。樹幹是纏繞在一圓形建築物頂部，而支莖上層層疊疊結滿了紅透的番茄。以網狀物固定在一特製的天花板上。抬頭一望，頗似瓜棚；又彷彿似一涼亭，其中設有茶几，提供歇息。有位漂亮的女經理端出來一大盆已切好的番茄給我們品嘗，此處一共才只有四棵番茄樹，全是以水耕方式種植。當然還有不輕易示人的秘竅。每一株番茄樹竟繁殖出六、七千個甜熟的番茄來。此一啟示，說明只要人能思考，改變觀念，肯變通，必可締造出比原來應得成果的百千倍。

此外有一幢建築的地下室裡，有兩根樹幹，粗若十數尺。其中之一，已彎曲成半圓形。據中川說，這是經過震動，超音波等各種科學方法，才使它鞠躬九十度的。這也是警示其員工，只要有心，肯動大腦，沒有任何辦不到的事情。

我們去參觀了八十八寺中的靈山寺和極樂寺。許多日本人窮其一生功夫，參拜八十八所寺廟，據說生者可獲得平安，而死後還可升天。廟裡出售印著八十八所寺廟的地圖。朝聖者每至一處，即可獲蓋一寺印。中川說，等他退休後，亦會領著家人來參拜八十八寺。

經過大鳴門橋，來到大塚製藥招待所。鐵欄上印著金字，大石上刻著「潮騷莊」幾個大字。右手是一幢中國式建築物，這也是大塚的貴賓招待所。屋頂三面旗幟迎風飄揚，其中之一是我青天白日滿地紅，剎時際心中湧起一股暖流。中川先生說這是特別為我升起的。他們的用心，令我對他們不得不另眼相看了。

左手的草坪有兩間日式的平房，我住進右手中國式樓宇。層層都有設備豪華的大廳，四壁有陶製的世界名畫，連茶几桌面的美麗圖案亦皆是陶製的藝術品，十分考究，臥室又大又舒坦。

離開大塚招待所，中川開車送我到神戶新幹線的車站。右賀先生來迎接，他們的招待環環相扣，真是很仔細。到此地中川告別了，繼續由右賀陪我逛京都，住進離火車站不遠的New Miyako Hotel，休息一會，包了一部計程車遊京都。

我感到十分訝異的是，日本人對京都，並不如想像中那麼熟悉，一問三不知，十分可惜。我們參觀了金閣寺，其外壁呈金色，日光下金光閃閃，故宜白天欣賞。再造訪銀閣寺時，卻發現此寺外壁並非銀色，據說是因月光下，在潾潾水波中的倒影，一如銀色而得名。寺院內的園林幽雅，往來遊人如織，古木參天，小徑亦甚趣致。但大殿內看不到佛，亦不知所供何佛，頗感失望。

第二天一早，右賀先生繼續陪我去參觀三十三間堂，此寺已有八、九百年的歷史了。裡面供有一千零一尊千手千眼觀世音菩薩銅像，其造型並不完全相同。正中央較大的一尊是坐姿，其他俱是立像。每一尊像都比人高，一字排開，十分莊嚴，故此建築物呈長條形。

遊過京都，再乘新幹線至東京，轉車來到新宿。在一家中國飯店用餐。自從離開德島後才有熱菜可吃。因為三浦巖和中川都是好吃日本菜的。三浦巖於東北大學畢業後，到美國 Varian 公司工作了兩年，又去哥倫比亞大學研究九年。回日本後開拓核磁共振儀的用途。因為在外國待的日子長，思想也比一般日本人開明。他的研究深一層探討對生命的認識，對生命力的追求蠻有特色，其談吐也頗有深度。

至於中川則比較保守，感覺上是典型的日本人，作風也比較大男人主義。和他們談話中，可見日本女性在社會上仍是沒有什麼地位。中川還有一種民族優越的傲慢，他對於臺灣年輕一代不再講日文，感到很失望。

右賀和中川的工作相同，也是負責招待外賓的。但人比較忠厚老實，他們英文程度都不好，聽起來很辛苦。在離開東京以前，右賀與一位小姐還帶我去了一趟陽光大廈購買中心，首先乘坐電梯來到六十層高的頂樓，可向下俯視東京全貌。如此大都市沒有什麼可以吸引我，只為父親買了一支按摩棒，即趕往機場。原本可以直飛洛杉磯，卻因臨時買不到票，只得改赴三藩市，然後換乘美國國內航線班機往洛城。

寫於一九八八年赴德丹斯泰旅途中

加州見聞

飛機把我帶上了天空，由洛杉磯到華盛頓有四個半小時的航程，因此再度提起了筆。自八月七日抵美後，至今剛好十天整，這段時間，自然又有些新經歷，結識了些新的朋友，增加了些新的見聞。難怪古人要說「行萬里路，讀萬卷書」了。來機場接我的是翁玉林教授，他是加州理工學院研究太空行星及地質學的學者。也曾是父親的學生，和父親的情誼極為深厚。如今他雖然已是成功的學者，卻從不忘師恩，口口聲聲尊稱父親為恩師，可說難能可貴。父親教了半輩子書，桃李滿天下，作育英才，默默耕耘，言教與身教並重，能得到這樣的好學生，正可以告慰老懷。

翁玉林這個人蠻有意思的。雖然出身香港，受洋式教育，卻滿腦子尊儒尚孔、尊師重道，愛讀中國古書，研究中國哲理，甚至強迫自己九歲的兒子學讀唐詩。他太太是女作家，和他是溫州同鄉，寫過好幾本短篇小說。他母親是傳統舊式的中國婦人，和他們同住，翁玉林十分孝順他的母親。

翁玉林介紹陳教授和李教授與我認識，陳先生是美國土生的華僑，學術上很有成就。他曾在香港華仁中學讀過書，一九八四年他回臺參加榮總的核磁共振會議，我曾聽過他的專題演講，矮矮胖胖，十分洋派。李先生看來卻是個典型的中國讀書人，斯文儒雅。翁玉林告訴我，李教授的太太是女強人，學問好而且精明能幹。據說李先生每天必讀陶淵明，我覺得像李先生這種人，是身在異國，感懷身世，內心似乎有種淡淡的憂鬱和寂寞。人生際遇與心境各有不同，李先生這等模樣，好像與外在環境不怎麼相配，但他卻另有其內在的精神世界。

我隨李先生參觀了漢丁頓醫院(Huntington Hospital)的研究，他們正用核磁共振儀為JPL (Jet Propulsion Lab)做一項實驗，就是利用改良不同脈衝程式(Pulse Sequence)，分開脂肪和水的訊號，磁場高4.7Tesla。李先生顯然並不熟悉儀器的操作，但他卻可以自製表面線圈(Surface Coils)。

另外，他們還有一項實驗，就是研究當太空人返回地球後，肌肉萎縮的原因及如何作復健才可以避免後遺症。

翁玉林讓一位化學系的博士研究生江惠震領我參觀加州理工學院的校園，這所全球聞名的大學，只有三百餘教授，一千八百餘學生，令人驚訝的是，在此潤育了許多位諾貝爾獎得主。發明油滴實驗的米里根(Milliken)曾擔任該校校長，大幅提昇了物理系的水平。最近剛去世的科學奇才費曼博士(Feynmann)也是該校專任教授。鮑林博士(Pauling)在此先後獲得諾貝爾化學獎及和平獎。我國火箭專家錢學森也曾與其師馮卡門(Von Karman)共同研究製造火箭。……還有許許多多知名學者，都曾在此為科學的發明與發展，貢獻智慧心力，且為人類的文明添上輝煌的一頁。

另外，卻有一種怪現狀，該校教授教書並不認真，被學生評為驢子教授，意指其教書差勁，因為他們過份重視自己的學術成就，熱衷於名利雙收，不重教學，只重研究。書教得不好，也毫不在乎。現任校長為了鼓勵教學，只得親自「下海」以作示範。

與好友方達怡見了面，她已兒女成群，老大Winne、老二Doris、老三Jose、老么Alex。她帶著一群小孩子們，獨自到美國打天下，殊屬不易。她開車送我去UCLA，還得把孩子們帶在車上。我在她家住了一夜，兩房一廳的公寓，十分狹小而擁擠。真不知她是如何捱的，還好她適應能力特別強，滿不在乎的，毅力驚人，還能從容冷靜縝密的處理問題，一般人是不容易辦得到的。

八月十日，到UCLA-Harbour、影像診斷中心(Diagnostic Imaging Center)，見到了丘清亮教授，丘教授是印尼華僑，為人樂觀誠懇，光明磊落、性情溫厚。只因工作太過忙碌、精神看來有些緊張。每天工作到晚上九、十點才能回家，經常連飯都忘了吃。他是該院放射科的主任，精通磁振造像的原理與應用，因此大陸、臺灣不斷有人藉著買儀器而來此受訓。尤其是大陸醫生買了儀器不會用，英文又不太好，在他這裏可以用中文說明教導，自然受益較多。

這些日子裡，就有十幾位大陸醫生和兩位臺灣醫生在此受訓。大陸醫生中，柳澄和趙斌兩位年輕人來自山東濟南，是憑考試出來的，無論英文和專業知識都比其他幾位院長級醫生們強。他們成了丘教授的助手，輪流每天教一節不同的課程，而丘教授則獨力教授每晚七時至九時的課。因為我懂得核磁共振的原理和應用，這是醫生們所欠缺的背景，於是我成了他們諮詢的對象。丘教授與我一見如故，他對我十分推崇，我亦很欣賞他全心全力奉獻自己所學，為同胞服務的崇高情操。

我由衷慶幸這一趟美西之行，收穫太豐富了。除了丘清亮教授，我還結交了許多新朋友。有一位是聖若瑟醫院的放射科主任張醫師。丘教授告訴我，十月以後他也必須調到聖若瑟醫院去了。張醫師年紀比較大，洋派兮兮的，頗有學者之風。週末晚上我們在丘教授家聯誼，大陸醫生們會包餃子，做中國菜，來了二十多位中國人。我和張醫師談得特別投機。第二天丘教授私下告訴我說：「張醫師很欣賞你的才華，認為你留在美國，比較有發揮的空間。」聽後十分歡喜，當然我不可能去美國發展，因為我是個不可救藥的愛國主義者。大陸的醫生們，大多是院長、副院長、主任級的，來自全中國各地。真是有緣千里來美國相會，相談甚歡。尤其趙、柳二位年輕人，雖然在大陸，拿手術刀的比不上拿剃頭刀的，但見他們仍然努力不懈，心中頗感安慰，天必不亡我中華！

在美國有許多事業有成的中國人，在能力範圍內為祖國，及自己的同胞作出貢獻，十分令人欣慰。丘清亮醫師是一個很好的例子，他日夜忙碌，爭取時間，為中國醫生講課，經常連飯都忘了吃，又為美國上司妒嫉且不諒解，最後只得自動請辭。另外還有一位劉賜江醫師，是Little Company of Merry Hospital的心臟科醫生，早年來美，做房地產發了財。每兩年必回大陸一次，私人協助大陸心臟科醫生來美深造，對於提昇國內醫學水準作風令人激賞。

丘教授經驗豐富，有很多相當好的研究構思。他的經驗豐富，將來彼此合作一定是互利的，這真是難得的好機會啊。

一九八八年赴德丹斯泰途中

歐陸記遊

這次去德國，可說是好事多磨。根據往日的經驗，在華盛頓簽法國的簽證，只須二十四小時；簽瑞士的更是當天可得，誰知今年卻困難重重。德國領事館竟說要等四、五個星期。把我嚇了一跳，幾乎以為去不成了。還好第二天收到了漢塞(Heinzel)先生寄來的「客座教授邀請函」，才順利獲得簽證。法國領事館說要等二十天，簽證不成，卻白白耽擱了兩天，心裡不覺懊惱，只有到了德國再作打算了。

離開美國那天，父親和弟弟開車送我。誰知在高速公路上遇到一輛貨車爆炸，車子塞在半途，動彈不得，耽誤了上飛機的時間，只好打道回府。改坐第二天的同一班機赴德了。

抵達法蘭克福，正是清晨七點，算來航程七小時。丹斯泰大學祕書小姐來接我，安排我住進一家城中心的旅館，名為「漢里希王子」(Prinz Heinrich)，設備倒是不錯，有兩間房間，電視、冰箱、沙發、電爐一應俱全。窗外望去有兩座古老教堂，離購物中心步行只需要幾分鐘。但是一個月要付上一千七百馬克房租，總覺得划不來。

此番應伯默校長(Böhme)邀請的還有成大教授李騂登，他遲我一天抵德。我們接受了好友卓爾(Zorn)的建議，李騂登住進了他家的客房，而他們在西海默鎮(Seeheim)所租的一層樓公寓就讓給我住。並馬上帶我去參觀，感覺相當不錯，於是我們都搬了家。雖然離城市較遠，要坐三十五分鐘老式電車，還要再轉乘L-公車才能抵達丹斯泰大學化學系。然而老式的電車，搖搖擺擺，舒適古典而有趣，浪費時間也只好任由它了。

房東羅斯曼(Rossmann)老太太很少上樓，樓上有兩房一廚，共用的衛浴設備則設在樓下。窗外的花園整理得很好，種了許多不知名而美麗的花朵。租金十分便宜，只要一百五十馬克，水電電話另付。卓爾夫妻把房間佈置了一番。廚具、桌布一切安排妥當。甚至連衣架、畫報、花燭都帶來了。又把電燈泡換好，典雅的鏡子掛上，收音機、唱片機都準備好，才滿意的離開，這種友情怎能不令人感動！當天我便請了羅斯曼老太太共進中國式的午餐，還送了一條臺灣的花圍巾給她，以後的日子可以相處愉快了。

在城中心逛了一圈，買了一口鐘，外殼鍍金，古雅而小巧，用兩隻圓球做腳。我突然心頭湧上一股酸熱，這不正是我姨媽所喜愛的鐘嗎？我姨媽一生愛鐘，但卻都不名貴。今生今世我再也無法買鐘來逗她開心了。

母親從美國飛來，要我陪她遊玩。我帶她去了一趟慕尼黑，參加南德人最熱鬧的十月啤酒節。那是一項傳統的節慶，每一個啤酒帳篷裡都有其獨特的風格。每個帳篷都擠滿了人。我的母親買了一頂綠尼龍雞尾帽，與當地人的帽子相似，還與陌生人手挽著手，隨著旋律搖擺，高聲的唱著Olay, Olay, Olay，她真是不折不扣的老頑童。

坐了S-I火車到了劉芸秋和葉好樣的家，小劉是阿亨工業大學時的同學，已有很久不見了。他們已有一雙兒女，又剛買下一幢房子，因為聊及朋友們的近況，很晚才睡。第二天一早，劉幸忠夫妻開車帶我們去市中心逛街，聽慕尼黑著名的鐘聲音樂(Glockenspiel)，轉動的木偶賣力的吹打著，行人莫不駐足聆聽那美麗的旋律。慕尼黑的街頭十分熱鬧，只見幾個衣衫襤褸的印第安人，邊彈邊唱在賣藝，臉上毫無表情，手裡拍打著一些簡單的樂器。我的母親看著興起，竟衝向前去，搶過一串鈴，也叮叮噹噹的搖起來，跳起來，惹得許多行人觀看。我實在是佩服她的勇氣。不過別人賣藝，有錢可賺，而她卻還從皮包裡掏出錢來，送給她的「同行」。還肯定的對我說：「他們是馬雅人，外星人的後裔。」

越過邊界，我和母親來到瑞士的巴沙(Basel)，拜訪了雷富樂教授(Loeffler)的家。雷教授是杜賓根大學微生物系的資深教授，與我相識多年，他夫妻常到臺灣訪問，每次必來看我。如今見我母女都來瑞士探望他們，簡直歡喜極了，連兒子媳婦全家都出動到火車站來迎接。

雷教授夫妻帶我們遊巴沙城，及附近的兩座教堂。其中一間名為Arlesheim，是十分華麗的巴洛克建築。另一間名為Mariastein，據說當年有一個女孩墜落山岩，被聖母救了上來，於是建立此大教堂紀念聖母顯靈。

雷教授自家有一菜園，旁邊還建有一間小木屋。廚具一應俱全。他自己種菜自己吃，卻也吃不完。還種有核桃樹，隨地可以撿來吃。傍晚再繞城一週，才揮別熱情的雷教授一家，回到丹城。

母親一直有個遊巴黎的心願，十年前，當我還在阿亨讀書時，二老來德國看我。她即盼望我陪她逛巴黎。當時我沒有及時申請到法國簽證，她好失望，甚至打算一個人前往，我說什麼也不放心。幸好德國前任總理布蘭德來阿亨演講，Willy（民眾對布蘭德的暱稱）又剛好是母親的偶像。當年她曾預測布蘭德必然會獲得諾貝爾和平獎。我們透過社民黨的安排，讓她親自訪問了布蘭德，於是才不再提及去巴黎的事。這一次她當然不肯錯過了。

我的法國和瑞士簽證都是在法蘭克福簽的，雖然費了一番口舌，仍是達到了目的。去巴黎有一種特廉的火車票，需在五日內往返，只要半價。巴黎的生活十分昂貴，在Champs-Elysee喝兩杯咖啡，一客牛肉三明治就是八十法郎。即使在唐人街小店的炒飯，也得花上八十法郎。

我們遊遍塞納河旁，拉丁區，最後來到龐比杜中心，母親讓街頭藝術家畫肖像。她最大的興趣就是搜集各種明信片，巴黎明信片式樣特別多，價格由三・五～六法朗不等，她花了一百二十法郎，竟不知買了些什麼。最難忘的是逛到一間十分迷人的小書局時，母女二人都醉倒在那種書香氣息裡了。

在一家越南華僑開的中國店裡，遇見一個年輕人被父母趕了出來，找不到工作。於是在他叔叔開的餐館裡打工，他叔叔又不給他吃飯。我見他可憐，拿了一百法郎給他，囑他要好好找份工作。在巴黎人浮於事，一個外國青年找事，想來是不容易的。這一趟巴黎之行，滿了母親的心願，我也略盡人子之道了。

寫於一九八八年時客旅德國丹斯泰

夜訪威廉斯哈芬城

此刻我正坐在由漢諾威開往斯圖加特 (Stuttgart) 的 IC 列車上。剛自威廉斯哈芬 (Wilhelmshaven)回來，此行是應威廉斯哈芬技術學院前校長郝德教授(Haude)的邀請，原擬與李驊登教授同往威城 。我們買好了火車票 ，訂好了座位 ，打算乘坐週五晚的夜車 ，由丹斯泰(Darmstadt)至漢諾威，再轉車至威城。然而早上當我正在做實驗時，哈夫勒(Hafner)教授的秘書告訴我：「卓爾先生來過電話，說李教授昨晚因腎結石住進了醫院。」當時我走不開，中午又約了格萊斯勒(Glesner)教授在費華林餐廳(Vivarium)吃午餐，只好等晚一點再去看他。

在機械系正門前的巨輪旁，見到了格萊斯勒。他是丹斯泰大學電機系所長，研究工作十分忙碌。然而自從成大與丹斯泰大學結為姊妹校後，我們一直保持通信聯絡。他熱心的要帶我去遊一遊黑森林的小鎮風光。回來後，我匆匆忙忙買了水果、巧克力糖去醫院看驊登。他說早已感覺到疼痛，但一直沒去注意，誰知突然半夜發作，只好去敲卓爾夫妻的門，卓爾立刻起床，還放了一浴缸熱水，叫驊登躺進去，再從書架取來一本醫學書，坐在浴缸邊，把腎結石的來龍去脈唸給驊登聽。我與驊登應丹斯泰大學邀請擔任客座，並沒有想到要買疾病保險。誰知天有不測風雲，想想人真的好脆弱，他若在德國動起手術來可是很貴的。後來與驊登合作的教授，從建教合作的經費中付了這筆醫藥費，德國人還算蠻有人情味的。我在醫院一直等到卓爾來，他帶了四瓶啤酒給驊登喝，還要他喝後樓上樓下的跳。他們堅信喝啤酒可以溶解結石，跳一跳就可以把石頭震出來。

驊登無法成行，我仍然決定獨自北上。那真可說是最長的一夜，也是最難忘的一夜。因為我從未有過如此大膽的行為，冒險犯難也不該屬於我這年齡，其實我心中還是膽怯的。

十點左右離開了西海默鎮，坐電車到城中心，往火車站的Ｄ、Ｆ公車都要等到十一點多才來，而電車卻早已停駛。我不想站在那裏枯等，就一個人冷冷清清的走到火車站，火車也遲到了十分鐘，差不多十二點鐘才開車。

同一車廂內坐了兩個男人，打盹的那個看來比較善良，另一個顯得蠻奇怪的模樣。在法蘭克福上來了一對母女，他們又吵又抽煙，看來不像正經人，但一切都不重要，我只需要有人陪。

到了馬堡，那對母女下了車，不知何時連那位面善的男人也下車了，只剩下另外那個人，橫睡在門口，擋住了門，大聲打呼。車窗外一片漆黑，顯得十分恐怖。我好不安，轉念一想，隔壁車廂應該還有人，而根據我的了解，德國人大都有愛管閒事的習慣，若有任何狀況，只消大叫就可以了。

一夜不敢闔眼，好不容易熬到五點多，車子顯然遲到，我心裡又急又疲累，擔心錯過接駁至威城的火車。終於抵達漢諾威，另一班車正在同一月臺等候。我坐進一個車廂，裏面有一個年輕的亞洲女子。和她打開話匣子，才發現又是一場時代悲劇。這女子是菲律賓人，半年前她嫁給了一個根本不曾謀面的德國醫生，剛到德國時只會說一個字，那就是"Kaputt"。上了國民學校補習德文，仍是一團糟。很顯明的，她對德國生活方式完全不適應，語言不通，困難重重。我改用英文和她交談，她告訴我，她的女朋友也嫁了個德國人，才來半年，已在鬧離婚，她就是剛去看過她的女友回來。她嘮嘮叨叨的埋怨德國人不好，我心中卻暗自嘆息，真所謂「自作孽不可活」啊。

到達威城後，熱情的郝德夫妻，出現在月臺上。到他家吃過早餐後便去學校。高岱教授(Godel)笑嘻嘻的戴了成功大學的領帶出來迎接，還送我一條威城的方巾，他是現任的校長。他們十分慇懃的陪我參觀過所有的實驗室，一一詳細介紹。我無法判斷他們的設備是不是精密，因為都屬於機械及電機系專業的設備，如果驊登同來，當然他會比較有概念，因為他是學機械的。

我與郝德、高岱兩位教授的認識早在數年前，臺南的崑山工專在成大前校長倪超先生的撮合下，與威廉斯哈芬技術學院締結姊妹校。當時郝德教授正是該校校長。留德的成大教授們都應邀為席上貴賓，而我被倪校長指派為郝德教授的翻譯官。德國技術學院的程度，其實是與大學相同等級。教授們除了博士學位以外，還需有五年以上的工廠經驗。而崑山則僅只是專科而已，程度上有一大段距離，他們也是來了才搞清楚這一情況，感覺有些失望。然而，崑山工專李正合校長夫妻的熱情溶化了他們，尤其是那一場戲劇性的結盟儀式對外國人而言，既新鮮又有些滑稽。

中午高岱校長請客，郝德太太帶來了正在讀醫的女兒馬汀娜。我們來到一家可以觀賞海景的豪華餐廳，名叫哥倫布(Columbus)，已相當遲了。人雖不多，而上菜速度仍然非常慢，我們只好等待，服務品質太差了。我叫的麵條好鹹，真可說難以下嚥。吃過午餐，高岱帶我去他家玩，他太太是位很豪爽的北德女人，他家房間很多，高岱說他們兩家都爭取我和李驊登到自己家住，最後決定一家請一位客人，我被分到郝德家，如今李驊登無法來，高岱堅持要我在他家喝下午茶。他們有二個兒子，大的尼可，小的湯姆，十三歲的尼可看來比弟弟長得瘦小很多，聽說一整年都沒長高。最奇怪的是，他最喜歡畫些古怪的東西，如殭屍、鬼怪等，不知是何原因。而老二卻是個正常的男孩子，要我教他寫中文字，興趣濃得很。高岱太太烤了蛋糕，我只吃了一塊，他家的蘋果樹很多，我裝滿了一袋蘋果，打算帶回丹城請大家吃。

差不多七點，高岱夫妻帶著孩子陪我步行至郝德家，然後又把孩子們送回家去，自己再過來聊天。我們喝著當地土產的Jever啤酒。不過，我好累，好想睡。但高岱第二天要去曼漢參加全國校長會議，特別來看我，我怎能不勉強硬撐著呢？

第二天一早優閒的吃過早餐，郝德夫妻帶我在市中心四處蹓躂，在西岸有一荒廢的消防船，我們上船參觀，還喝了一杯烈酒。另一邊也有一艘停航的巨輪，那原是運送液態氣體的，還有油管把製成的氫氧化鈉和氯運送到特定的地方，另外兩條是油料運輸管，有一地下埋藏石油儲藏庫，其容量可以提供全德國九十天的用量，一九六二年，威城洪水氾濫，水位高達5.2M。市議會的牆上有記號標明當時的水位。當天中午在一家叫「長城」的中國飯店用餐，他們認為其他的中國飯店不夠乾淨，而且廚房裏有童工，所以他們不肯去。

原來我計劃坐十三時零五分的火車離開，郝德教授太慇懃了，他想了一個法子，要親自開車送我到奧登堡(Oldenburg)，然後轉十五時四十一分的車到漢諾威，再接搭原已定位的火車，從漢諾威到丹斯泰。我問他開車到奧登堡需要多少時間，他說只需半小時。後來到了高速公路，我才領教了他每小時一百九十公里的車速，德國的高速公路沒有車速的上限，一般德國人都喜歡開快車。買了幾張明信片，繞城一周就彼此珍重道別。他夫妻送我兩瓶葡萄酒，又給我三百馬克，說是學校邀請演講的費用，其實我根本沒有做任何演講，卻白白接受了這份人情，大概是他們補償我的交通費用吧。

一九八八年完稿威廉斯哈芬返回丹斯泰途中

輯二　散文隨筆

賀友人出家記

接到家信，得知少年時好友吳兆炯君剃度出家的消息，心頭感到一股莫名的熱浪在衝擊，蘊含著無限欣羨與歡喜，這種情緒久久不能平息。眼前模糊的呈現出一個瘦長的個子，平禿的頭，清瘦的臉，鼻樑上架著一副近視眼鏡；披上烏黑的海青，幾分莊嚴、幾分虔誠、幾分淡泊、幾分寧靜，好一派佛徒本色！

認識吳君時，我還在唸高中。母親在香港辦了一份青年雜誌，名叫《新聲》。那時候，有一群香港大學的學生，經常來家裡幫忙撰文寫稿、編排印刷。他們年輕、有理想、有熱誠、憂時憂國，頗與「五四」青年的精神相似。只可惜基於種種困難，母親雖然鼎力獨撐了一段相當長的日子，《新聲》還是中斷了！吳君便是這群年輕人中的一個。他的性格直率天真，純良厚道，卻不時散發著迫人的智慧。他唸的是社會系，畢業後，即赴加拿大深造。其間他雖與母親保持密切的聯繫，我因來臺升學，再也沒聽到有關他的消息。

臺大畢業後，是我認真學佛的開始。從《弘一大師傳》，到《印光法師菁華錄》，從《金剛經》到《楞嚴經》。我在香港聞性精舍皈依了八九高齡的樂果老法師，聽經學禪，沉迷於內心的自在，和佛法的喜悅中。這時候吳君又出現了，他已學成歸來，擔任社會福利署的一份優厚的職務。時髦的長髮幾乎充斥著滿街滿巷，而他卻剪了不折不扣的陸軍頭。他毋視於社會上「只重衣冠」的陋習，經年一件舊恤衫，黑長褲，白跑鞋，始終不改。

他告訴我們，他學佛了。皈依師是一位兼通顯密二教，圓融頓漸之法的老和尚。談到他的師父，他總是眉飛色舞，天真的嚷道：「我師父如何，我師父如何。」也許在他的眼中，我的表現亦復如此。無可否認的，每次見面，我們都會迫不及待的討論著自己的師父。

一九七二年的暑假，中國文化學院佛教哲學研究所所長曉雲法師來港。她是一位關懷教育、樂於提攜後學的導師，因此我介紹了吳君與她認識。

記得有那麼一天，曉雲法師帶領著我二人，去拜訪隱居在山崗道的陸寬昱老居士。提起這位陸老居士，來頭不小，他是近代佛門龍象虛雲老和尚的俗家弟子。退休前，原是一位西醫。近二十年來，從事於佛經的翻譯。由他翻譯的佛經，不下十餘冊，其中有《楞嚴經》、《金剛經》、《圓覺經》、《五燈會元》等。訪問陸老居士，給我留下一生不可磨滅的印象。這位老居士，真可以「爐火純青」四個字來形容他。溫文儒雅、與世無爭，在香港社會可說是絕無僅有。在回家的路上，吳君和我一直興高采烈的談著，曉雲法師和陸老居士兩位不平凡的長者，都給我們同一天裡見著了，聽到他們的談話，真是獲益匪淺呵！

吳君更坦誠的告訴我，他已有意出家。只是他父母這一關很難通過。雖然他有一位頗要好的女朋友，但是她也是深具宿慧、素植善根。由於他的緣故，那位女朋友亦開始篤信佛法，因此他們的感情就由「小我」，而昇華至「大我」。願天下「有情」同生極樂，他們許下誓度眾生的宏願，「生死榮辱」尚且置之度外，更何況是「兒女私情」？

而今吳君已如願以償，披上了這件神聖的袈裟。有志者事竟成，以吳君的智慧與時代眼光，必然會另有一番作為。身逢末法之世，救度生靈於水火，唯有大慈大悲救苦救難的菩薩精神。諸好友將拭目以待，佛門將因你放一異彩！

寫於一九七四年古都阿亨

在德國行持佛法的感想

曉雲法師囑我寫一篇關於在德國行持佛教的感受，頗令我無從下筆。出國之前，我曾暗暗的打定主意，有機會總得展開佛教宏揚的工作，俾使佛陀的教化能普及光大。來德以後，才發現事實上，獨力難支，若非聖人現世說法，恐怕不是一兩個教義理解不深的年輕人所能推動得開的事情。

就德國人的民族性而言，是適合發展佛教的。這是一個重研究、踏實、勤勞和推理的民族。若是佛教已經在此紮了根的話，應當有一番大的作為。只是這墾荒的工作，卻不是件輕易的事情。

一個人的信仰，是十分微妙的，我們佛教所講的是一個「緣」字。諸法依緣而生。在西方基督教國家，（泛指新、舊教。）信徒也說聖靈感召事。基督教在歐洲，已有一千九百多年的歷史，從前是政教合一，擁有至高權威與尊榮。在德國，普通各大都市的共同現象，就是市議院Rathaus與總教堂Dom相鄰而建設。其目的就在政教相輔相成。在公元第八世紀，出了位查里曼大帝，他與羅馬教廷合作，東征西討，都以宣揚基督教為宗旨，從此後，奠定了基督教在歐洲鞏固的地位，直到如今。

在歐洲兩年半以來，我與德國人接觸得相當近，也曾親歷天主教的圈子裡，我之所以這樣做，是希望更進一層了解西方宗教的本質，和發掘探求這個世紀人類的究竟需要。然後，中肯的分析東西方宗教的特色，取人之長，輔己之短，同時，別人的錯誤，也可作為借鏡，警惕自己。

時代是日新月異的，我們不能老是背負著沈重而落後的時代所留下的包袱走。因此，我大膽的提出，在許多方面，我們是否有認真檢討的必要，出家人都是和融聖眾，彼此的和睦團結，才能發出更大的光輝，照耀世間。既是救世來的，應當更積極的與信眾作密切的聯繫。而佛教徒，亦應在生活行為上，處處以身作則，做一個好榜樣。自己個人的修行固然重要，而影響度化他人更不可忽略。所以佛陀時時教導我們「為人演說」。再者，佛陀的教化中精深廣博；初學者往往感到無所適從。對於決定性的教義，還是需要有條理的整理出來。

在半年前，阿亨大學的「國際學生座談會」，(是隸屬海外天主教學生會的組織。)舉辦了東南亞宗教的介紹。邀請我主講有關「中國佛教及社會關係」。我不敢辜負這一使命，然而又為自己有限的德文程度擔心，當日只得把演講稿帶到會上。坐在我兩旁的，一位是主講印度教的印度人，另一位是在印尼十餘年的耶穌會傳教士，他是主講印尼的回教及其傳教工作的。當晚，到會的人不太多，約二十多人左右，我只能不太離題的把佛教的意義，大小乘分別，教傳中國的大概以及中國人接受佛教文化，與儒道思想相融匯，而後發揚光大的情形，作了一個簡單的介紹，演講後，有數十分鐘的自由討論，他們提出一些問題，要求解釋。對於佛教是一神、多神、抑或無神，提出了置疑。我解答說，佛教可說是無神或多神的。無神者，以教中並沒有一位創造天地，主宰萬物的「上帝說」；多神者，以教義為本位。人人都有佛性，人人皆能成佛，佛佛道同，而佛的境界是不可思議的。

在歐洲，吃素是一件非常不容易的事情。我已在佛前發願，吃素則是終身之事，然而，這也確實成了我自己的包袱，因為我們是活在人世中的，如果是一支光，要發出亮來，就必須與人交往，而交往的過程，總離不了吃與喝，別人請客，還必須特別為你準備素菜，而歐洲的素菜又特別少，平添別人麻煩，也不太方便。經常我都要諸多解釋，吃素的原因，卻仍難被接納，因果輪迴之說，一則我親身未曾經歷，辯證甚難有效，二則我是主張以積極的理論去說服別人。佛法是主重大悲的，因大悲才能生大智慧。而大悲是普及眾生的，螻蟻尚且貪生，好好生命，又何忍將之趕盡殺絕，如果說「仁慈」，說「愛心」，說什麼也說不過去呀！

因此，我深深期望學佛有志吃素的青年，切莫因難思退。所謂難能可貴，意志堅定是學佛人必備的條件呢！

至於打坐，卻受到普遍的重視，主要是因為打坐，深具東方宗教的神秘色彩，再者，也是年輕一代，動極思靜，天主教神父也組織有「禪坐班」，正是符合時代的創舉。在這個時代，尤其是作為一個佛教徒，我堅決反對，宗教之間，互存門戶之見。「道不同不相為謀」的時代應該早過去了。我們應有容人氣度和大量，互各為自己的信仰而努力，不該排斥他人。尊重別人的信仰，才顯得出自己信仰的偉大。有理想，有信仰的人，應當積極盡其心力救世。彼此學習和扶持，才有不斷的革新和進步，使自己的信仰，更適合人類靈性之需求，切實的幫助人群，達成自己作為信徒的使命。

整個德國來說，佛教的團體是太少了，聽說柏林與漢堡，還有小規模的組織。出版的書籍，雖說也有數十種，經典也有《金剛經》等譯本，但卻不能普及，目前缺乏高僧大德，雲遊各地，公開演說佛法。我深信，年輕的一代，是極希望能了解其他宗教的，尤其是佛教，對他們的吸引力是有相當的力量呢！

一九七五年《菩提樹》274期

東坡與禪師

古文學家中，我對蘇東坡有份固執的偏愛。這一份感情，原是由閱讀、領會、激賞他的文學作品而來。東坡的確是天才橫溢的：論古文，他身居「唐宋八大家」之一，如讀赤壁賦時，能不神往那蘇子與客泛舟，遊於赤壁之下。舉杯作樂之暇，發思古之幽情，而後正入探討人生問題麼？至於東坡的詞，別具一格，是人所共知，豪放不羈於形式——下筆如滔滔江水——一氣呵成，有股奪人的氣魄。談到東坡的詩，情感真摯，且富意境美，不單止泛泛風月而已。因為東坡受佛家思想影響良深，所以亦擅長於佛經那種依喻說理的寫作技巧，以暢抒衷懷。如「不識廬山真面目，只緣身在此山中。」誠乃絕妙佳句，且富引人入勝之哲理。非東坡，莫能悟此理、作此詩也！

原是想談談東坡居士的文才，腦子裡卻莫名其妙的泛現出一些關於東坡的小故事來。我覺得頂有趣，也許正因著這些瑣瑣細細的故事，活活潑潑的描畫出一個蘇東坡來，像一位朋友那麼親切。這裏，就為讀者們講幾個關於東坡與禪師們逗機鋒吧！聰明絕世如東坡，難道不應該受受挫折，以消消讀書人所難免的自大和狂妄麼？

一、狗屁過江來

東坡有位方外至友，法號佛印，他們的家，只隔著一條江水。一日，東坡忽然興起，揮筆而就一首「讚佛」的五絕：

稽首天中天，毫光照萬千；
八風❶吹不動，端坐紫金蓮。

心中得意非常，令老管家帶這詩去給佛印看，還叮囑他說，需領個評語回來。

❶ 八風者，是指毀、譽、興、衰、財、色、名、睡等八件事，如同大風起時，吹動人心，產生變化，如惶惶不安，躍躍蠢動，失去原有的平靜。若有定力的修行人，見好惡不生分別心。心常保持平衡安寧，不隨波逐流，不心隨物轉。則風吹不動，因禪定功深故。

老管家見了佛印，呈上五絕，只聽佛印嗤了一聲，道：「狗屁！」就不再多說了。老管家回到家裡，東坡忙問道：「佛印怎麼說？」老管家照實答覆，卻引起了東坡無名火萬丈：「佛印這小子，居然小看我，找他算帳去。」匆匆忙忙過了江，才見了面，還不及開口，佛印笑嘻嘻的說：

「八風吹不動，如何『狗屁過江來』啊！」

東坡恍然大悟，也忍不住呵呵大笑起來。

二、是誰輸了

又一次，東坡與佛印對坐談天。東坡忽然問道：「你看看我像甚麼呢？」

佛印道：「像一尊佛。」東坡欣然。

良久，佛印反問東坡：「你看看我像甚麼呢？」

東坡道：「像一堆狗屎。」佛印笑而不語。

回到家中，東坡向小妹提起這事時說：「這一趟，佛印可輸給我啦！」

卻不料小妹說：「哥哥，你才輸了呢！」

東坡驚問其故，小妹解釋道：「佛印看你像佛，是因為他的心目中只有佛。而你看他像狗屎，豈不是你的心目中只有狗屎啦！你這回呀，真是輸得一敗塗地啦！」

東坡思之後悔莫及。

三、南泉一喝有多重

東坡與禪師們鬥機，常輸，心裡卻還老不服氣。這一天，他穿了一身粗布衣服，喬裝一名莊稼漢子，遠道參訪南泉禪師。

南泉禪師打量眼前這個人，衣裳雖然襤褸，卻掩不住那溫文爾雅的氣質。心下早已有了準備，問道：「官人，尊姓大名呀？」東坡不理。

禪師當即轉口又問：「大叔，姓甚名誰呀？」

東坡睨他一眼，道：「無！」

「啊！」南泉禪師若有所悟的道：「你是甚麼都無有啊！」

這時際，東坡那讀書人的傲氣再也熬不住了，說：「我有一把秤！」

「你有一把秤，用來作甚呢？」禪師問道。

「來秤南泉！」東坡大聲道。

「四大❷皆空，五蘊❸非有，你秤個甚麼呢？」

「秤面前這個！」東坡幾乎指著禪師的鼻子說。

「走！」南泉禪師出其不意，大吼一聲。旋即問道：「這一喝，有多重？」

東坡啞然不能作答，敗陣而逃。

---

❷ 四大者：為四種組成世界的基石。乃地、水、火、風。地者：實質堅固，亦即固體。水者：有相無定形之流質，亦即液體。火者：能量存在的一種方式，即熱能。風者：無形無相之流質狀態，即氣體。不單世界之組成由於四大。人類的色身亦是由四大合成。身軀四肢等有形有相之部位及內臟為「地」。水份及血液為「水」。體內經各種化學反應產生熱量，維持生命為「火」。呼吸作用氣體循環為「風」。所以，佛家謂，人身為一個小世界，也是由地、水、火、風四大合成。

❸ 五蘊者：指色、受、想、行、識。「色」為「身」法，即四大假合而有之形體。受想行識為「心」法，即心理狀態、意識活動、思維作用種種。（有興趣者，可以參考「唯識學」的書籍。）是由妄念攀緣所生。所以「身」「心」二法，當體即空，虛而不實。是故，南泉禪師謂：「四大皆空，五蘊非有」也。

西德的佛教

談到德國的佛教運動，必然就涉及到一些常遇著的姓名。這些人都曾為宏揚德國的佛教奉獻心力，如塞頓思克(Seidenstueker)，紐曼(Neumann)，格林(Grimm)，達爾克(Dahlke)，石德文(Schmidt)，戴畢思(Debes)，以及南努天洛伽大師(Nyanatiloka)，南努波尼伽大師(Nyanaponika)，喇嘛哥維達大師(Lama Govinda)等。今日德國存在的佛學院，學派及組織，大都是源於上述這些人所奠定的基礎。

塞頓思克是萊比錫的一位印度學學者。一九〇六年他成立了「德國佛教會」。當時的會長是漢寧博士(Horning)，並發行過一份佛教刊物，最初名《佛教徒》，其後名《佛教的等待》，最後名為《摩訶菩提葉》，一九〇九年又與南努天洛伽大師的弟子馬格物(Markgraf)創辦「德國巴利協會」。這個團體曾發刊多種佛教叢書，且翻譯了最早的德文經典。一九一一年分裂成兩個分會：馬格物以僧侶的身份，希望成立一所歐洲小乘佛教的寺院。而塞頓思克則致力於大乘佛法的研究與宏化。馬格物在這段時期，發刊了《佛教世界雜誌》，一九一三年，馬格物再度與塞頓思克攜手合作，但不幸他於次年在俄國逝世。

對於德文經典的翻譯，紐曼的貢獻最為偉大。他也是一位印度學者，他與格林，南努天洛伽大師一樣，都是受了大哲學家叔本華的影響而接觸佛教的。他曾旅跡印度、錫蘭，對佛法作過深刻的研究。他畢生的精力，都在桎梏的經濟狀況下翻譯經典，我們在此，可自大文豪赫塞(Hesse)的評語中，印證出紐曼譯作的傑出。赫塞曾說過：「紐曼的譯作，是空前絕後的，那柔和、莊嚴、可敬的佛陀語言的韻律，在他的譯筆下，保存了不可思議的真實與生動。」

筆者曾一度在《華學月刊》，撰文介紹過在柏林建寺宏法的達爾克醫生。柏林這個都市，是複雜而且多層面的，在歷史上，它扮演著一個悲壯的角色；在政治上，是列強分割的局面，還有那一道醜陋的圍牆，這是一個繁華燦爛，光耀奪目的都市，它蘊藏著取之不盡，用之不竭的人才與物力。它——也是歐洲佛法醞釀發揚的園地。

讓我先介紹兩位傑出的佛學家，他們都是在柏林推展佛教運動的。

史丹克(Steinke)原是柏林的銀行家。他曾在一九二二年成立「佛陀之社」，這一組織直到一九四一年被蓋世太保所解散。他曾發行一種佛學雜誌，原是以小乘佛法為主。一九三二年，他親近了一位匈牙利的出家人照空法師。照空法師一生傳奇，多次在風險中死裏逃生，終於在佛法中找到了人生真諦。史丹克直接受到照空法師的影響，迴小向大，研究般若。照空法師是一位在中國受披剃的出家人，他既獲「辯才無礙」，故能在一九四三年柏林的一次演說中，感動了史丹克，連同十一位來自不同國度的歐洲男士，及三位柏林女士，浩浩蕩蕩的到達了南京的「棲霞山」落髮出家，這是有史以來，最大一次歐洲人成立的僧團。

另一位石德文長老，是皈依我國天臺耆宿倓虛大師的。一九五六年曉雲法師曾拜訪過他，他歡歡喜喜的穿起了我國的長袍馬褂，正式接客，亦可見其愛慕中華文化之赤忱。石德文對柏林佛教的發揚，功不可滅。他努力於巴利文，梵文和中文的學習，以充實其對佛學的鑽研。此外，他更不停的寫作和譯述，並成立了「柏林佛教會」。

附帶必須一提的，是柏林推展佛教事業獲得政府的贊助及支援，是全德唯一有此助力的都市。

戴畢思之於漢堡佛教，與達爾克之於柏林；格林之於慕尼黑；地位是均衡的。戴畢思之接觸佛法，受到紐曼譯經的深厚影響，一九三一年，他親往錫蘭，皈依在南努天洛伽大師門下，修習數息法門。一九四四至一九四五年，他以戰俘身份被囚英國，這段時間，對他的修行大有裨益。自一九四七年後，他始全心致力於佛教的宏揚。在漢堡，他創辦了「佛學講座」，吸收了如席菲兒(Schaefer)、赫卡(Hecker)等精英，他並不斷的在德國北部各大學，如基爾、布萊梅、漢諾威、漢堡甚至到中部法蘭克福，作巡迴式的講學。為了對佛理的研究，他又進一步開創了「研究週」，自一九四九年以來，從不曾間斷，長則三星期，短則兩星期，以講演和座談會的方式，探討人生真諦，對佛教人生作透澈的研習❶。

自去歲南下慕尼黑，拜訪了這一文化大都市的佛教中心，並會晤了慕尼黑佛教會現任會長戴治醫生(Detsch)，相談甚洽。尤其當他帶我參觀他的私人圖書室時，指著那一系列研究中國哲學和中國思想的書籍說：「中國實在有許多東西，值得我們學習啊！」聽來真叫人感動。此外，又承一位虔誠的青年佛教徒，印度系博士研究生哈德曼(Hartmann)的盛意，滿了我一個願，參訪了喬治・格林所創辦的「原始佛教會」，「原始佛教會」位於愛眉湖畔(Ammeesee)，面山靠水，深處幽絕，自格林創辦以來，努力於教義的鑽研，出版多種佛學叢書及刊物，現在仍在發行中的有《法乘雜誌》(*Yana*)。

由於筆者個人對格林的偏好，促使我在他所著《幸福，佛陀的訊息》❷一書中，摘譯一段文字，以介紹他的思想：

「一個人的人格愈高尚，他意識中也愈能感到雅各・白姆斯語中的真義：『設使有堆積

---

❶ 德國佛教總會發行之《佛教在德國》(*Buddhismus in Deutschland*)。

❷ 喬治・格林(Dr. G. Grimm)《幸福，佛陀的訊息》(*Das Glück, Die Botschaft des Buddho*)。

如山的書卷，設使海水都可當作墨汁，樹枝都可當作筆桿，也難描述盡人世間的痛苦。』因此他愈是渴望著，不單他自己，他的同類，甚至整個世界從痛苦中拯救出來，邁向一種自在無餘的境界。當然，這種志願不會因為認識到無常的本質而終止，這是一種最高貴的，能激發人心內在的感受，它不屬於這個世界。（但也完全屬於這個世界——筆者按。）因為這個世界的原則是自私的。大悲，則是同情別人的感受，能滲透自私，將個己毫不保留的奉獻於利益眾生的行為上。在這個世界，像『你』、『我』，這些界限都劃分得太顯明了。『大悲』則能突破這些界限，大悲心正是由我們內心最深處發源，將悲願流向非個人、非自己的作為，這就是『施』波羅蜜的表現。事實上，『你』與『我』並不存在，不同的人格，皆由複雜的五蘊生成，而我們無明迷妄，心中謬加分辨。正如佛陀所言：「認色蘊是我，受蘊是我，想蘊是我，行蘊是我，識蘊是我……無有是處。」』

關於格林的一生轉捩，筆者認為，也有交代清楚的價值❸。格林是父母的長子，本當繼承父親的家業。但他生來禿額，他父母親是虔誠的天主教徒，所以認定這是上天的旨意，將他送到神學院讀書。直到他晉升神父的前夕，格林才將久思不解的問題陳於老教授前：他不能欺騙自己，違背良心——他並不覺得自己受到了「聖靈的呼召」。所以，他毅然離開了神

❸ 霍柏(M. Hoppe)《喬治・格林》(*Georg Grimm*)。

學院。他的父母親得到這個消息後盛怒，斷絕了他的經濟支援，還禁止他重踏家門。他赤手空拳，半工半讀，以極優秀的成績完成了法律博士的學位。他崇拜哲人叔本華，因而接觸佛教。成立「原始佛教會」，發刊《佛教世鏡報》，寫作翻譯，不遺餘力。他致力於誠心講解人生真諦，認識他的人，都不難感受到他那種如慈父般奉獻式的友誼。他作事廉明，維護公理，精力交瘁，並曾拒絕審判戰犯的呼召。所有存疑的案件會審時，格林總是主張釋放囚犯的。他的原則是：「寧可放走十個有罪人，也不可冤枉一個無辜者。」他深受佛家因果報應影響，作必自報，天理循環，他總給人一個向善的機會。當他去世後，喪禮在公墓舉行時，有個龐大引人矚目的鮮花環上寫著：「獻給巴伐利亞州最仁慈的法官。」此外，當他父親年邁時，也原諒了他，骨肉團聚，可惜他的母親早已去世了。他的父親，還受到他不殺生、不傷生的原則影響甚深。

筆者在數年前，也曾一度撰文介紹南努波尼伽大師，他老人家現在錫蘭草屯寺，以七十多歲的高齡，仍在清苦的修持生活中，教學不倦，並不斷以英、德文寫著譯述，講解佛法的修持方法。

「三寶具，佛法興；三寶不具，佛法不成。」佛、法、僧有如三鼎足，平衡著三千大千世界的無量無邊眾生慧命。在此筆者以虔敬的心，來介紹德國的僧寶——西方的出家人。

一九〇一年，英國化學家馬奇高(Mc Gregor)剃度出家，受沙彌戒，成為第一位歐洲的佛門僧侶。

兩年後，一九〇三年，德國小提琴手安東・哥斯(Anton Gueth)也受了沙彌戒，他是以音樂家的身份作東南亞旅行，而接觸佛法的。此外，他也受到叔本華影響殊深。一九〇四年他放棄了所愛好的音樂而皈止佛門，正式成為比丘僧。這位便是受人景仰彌深的南努天洛伽大師。

他勤學巴利文，努力於翻譯。第一次回國便收了兩名弟子，荷蘭人蘇羅法師和德國人蘇曼努法師，南努天洛伽大師披剃過數十位歐洲人，並成立過宏法中心，他曾到過我國重慶，一九一七年當戰爭爆發時，他被囚禁於漢口，致使他的譯經中斷。此後，他又足跡遍佛國，回到錫蘭，靜修十二年後，再度出山，聲名大噪，皈依者雲集，出家眾中，早期由一九一一年至一九一四年所收的弟子有：

康多羅法師 (Kondanno)，維麻克法師 (Vimalc)，華婆法師 (Vappo)，巴第由法師(Bhaddhiyo)，摩訶拿摩法師(Mahanamo)，和亞索法師(Yaso)等。後期在南努天洛伽大師門下披剃的弟子們，法號都冠上了「南努」字樣。如南努洛伽法師(Nyanaloka)，自從南努天洛伽大師圓寂後，婆伽士多畦寺便是由他主持。南努西西法師 (Nyanasisi) 是瑞士大作家克勞斯可夫

(Krauskopf)的兄弟。還有南努達拉法師(Nyanadhra)和南努布哈羅法師(Nyanabruhano)。

在南努天洛伽大師門下，最負盛名的要數南努波尼伽大師(Nyanaponika)了。他原名方寧格(Feniger)，以書商之便接觸佛教。一九三一年，當他正思落髮時，他的父親過世。他不忍留下年邁無依的母親，因此使他出家的心願，延至一九三七年始實現，他隨侍他的師父到印度朝聖。一九五一年他獲得錫蘭國籍，建造森林草寺，侍奉他師父及師兄華婆法師過世，除了《法輪雜誌》以外，他又發行了《菩提葉》，並獲得錫蘭當局佛經流通處的支援。現在南努波尼伽大師的草寺，可說是絡繹不絕，他老人家的寫作譯述遍佈全球，此外，他還需要每日答覆來自各地的書信呢！

南努維摩羅法師(Nyanavimolo)是一位來自漢堡的教師。他之修習佛法，原是抱著宏法宗旨的，然而，他以本身的修行尚未臻覺悟的境界，不能達到自度度人的意願。故此，他仍留在錫蘭，繼續修行。將來，他仍是要回到德國宏揚佛法的。

另一位德高望重的德國法師是喇嘛哥維達。原名荷夫曼(Hoffmann)，曾留學意大利，攻讀哲學，藝術史等學科。並在一九一九年出版了第一本有關佛學概論的書籍。他除了發刊《佛學雜誌》以外，還創辦了「金剛乘學會」，專門研究西藏密法。此會之德文名為Arya Maitreya Mandala或簡稱為AMM。所出版的《佛法之光》雜誌，其後易名為《循環》。易理加(Rieker)

便是喇嘛哥維達的得意弟子。易理加曾將香港陸寬昱老居士的英文著作《中國靜坐之奧秘》(*The Secrets of Chinese Meditation*)翻譯成德文。此書介紹了《楞嚴經》廿五聖自陳宿因，覺證圓通之方便法門。此外，對於禪宗之修持，淨土宗的持名，觀《無量壽經》的十六觀法，天臺的止觀，都作了頗為詳細的說明。在引用經文方面，經兩度翻譯，而不失信達雅，真令人嘆為觀止。

西柏林近郊「忽洛老」(Frohnau)的寺院，如今是由一位錫蘭老法師住持。這位老法師名號是Sri Gnanawimala Maha Thero，他們也發行一份刊物，專題討論佛法義諦。這所寺院，是一九二四年達爾克醫生所建造的，環境異常清淨幽雅，林園小徑經行，別饒趣味。院子裏一尊佛陀立像，莊嚴生動，給我的印象特別深刻。

西德的佛教團體，還有不少，不遑一一介紹。至於日本人在此地設立的宗教團體，如日蓮宗的活動尤多，在此文中我卻並無明顯介紹。蓋本意認為，那只是日本人在西德的傳教，而不能歸納在德國人自動自發的宗教活動內。也許，這是我的偏見吧！所有佛教團體組織，都隸屬於「德國佛教總會」，簡稱DBU，會址設在漢堡。現任會長是格拉斯荷夫(Glashoff)。「德國佛教總會」是「世界佛教會」和「泛歐佛教會」的成員。前任會長奧斯特(Auster)及現任的格拉斯荷夫都被選作「世界佛教會」的副總會長。

西德的出家人，大致也有一百以上。自第一屆泛歐佛教大會，於今年六月在巴黎召開後，便討論到歐洲將自行解決剃度出家的問題。直到如今，歐洲僅止英國有披剃出家的規範和儀式。

總括言之，西德正如歐洲其他有佛教的國家一樣，可略分四大派別：

一、是學西藏密宗的。

二、南傳小乘佛教。

三、日本的蓮宗。

四、日本的禪宗。

可惜獨不聞中國大乘佛法，十分可惜，許多德國佛教徒甚至不知道中國佛教在歷史上的深遠地位。作為中國佛教徒，直覺得有責任，有義務來推動這一項工作。雖然，這項墾荒的工作確實艱難，但我堅決的相信；不會比昔日唐三藏取西經更為艱辛吧！

轉載自《明報月刊》

座堂二神父

主教座堂慶祝二十五週年銀禧，神父向我這教外人邀稿，頗令人有些尷尬。但是，由於二位神父與我的關係深厚，絕不比一般教友們生疏，所以就一口應承了。

認識蕭文元神父，已有十七年了。想當初，年輕的我，背著行囊，靜悄悄的飛向地球的另一端，隻身來到舉目無親的西德阿亨，兩個月不曾見到一個中國人，說上一句中國話。樓下的海默老太太告訴我，隔壁的聖若瑟教堂裡，有位東方神父，只不知他是中國人還是日本人。我很想過去瞧一瞧，又怕遇見的是最討厭的日本人，因此，蹉跎了好些時日，才鼓起勇氣，按了門鈴。

蕭神父與我一見如故；他為人坦蕩，表裡如一，毫不虛偽，心地光明磊落，而且富有幽默感。他看我一個女孩子家，唸的又是他不在行的理化，既殷切期望我能力爭上游表現良好，「為國爭光」；另一方面，又怕我讀不成書，自暴自棄，丟了中國人的臉。因此，他不斷給我督促、鼓勵和支持，使我充滿信心和勇氣，才得克服重重難關，以優秀的成績，如期完成學業歸來。

雖然神父和我經常談到信仰問題，但是他卻從不強迫勸我信教。他以生活、言行作示範，一方面傾全力認真投入工作，另一方面無條件默默幫助人，深深的感動了我。他常說：「左手做的好事，不要讓右手知道。」又說：「你行的善，讓別人都知道了，誇獎了你，那麼你已經得到了報酬。隱名行善，等待上天的降福，所獲得的回報更大。」他為別人所做的一切，他自己從不提起，只認為那是基督徒的本份、態度及生活方式。

蕭神父還是個多才多藝的人，他除了具有雙重博士學位以外，還精通拉丁、意大利、德、法語文。他有一雙巧手，擅長手工活，修理鐘錶、縫補衣物、裝修電器、木工他全會。此外，他還會彈琴、吹簫、唱歌。雖然打從十幾歲就跟隨著田耕莘樞機主教去了歐洲，至如今，他的中文還是相當不錯，只是偶然歡喜冠以「之乎者也矣焉哉」罷了。

蕭神父於我，亦師亦友，如父如兄，是教導我做人處世最多、影響我最大的人。事實上，他的言行，對我早已產生了潛移默化的功效。因為有時我不知不覺用來教導學生的話，正是當年蕭神父用來教我的呢。

在德國，神職人員的地位是十分崇高的，蕭神父卻經常和教友們打成一片，毫無區別，因此深獲當地教友們的愛戴。當年，他經常開著一部二手的金龜車，足跡遍及中歐各地，為臺南教區募捐。因此，到處都有他的朋友。他曾有過三次赴外地講道、發生車禍的紀錄，但每次都奇蹟似的車毀人平安。誰說上天不疼惜好人呢！

蕭神父回國以後，一直留在主教座堂，負責堂區內的牧靈工作。他仍然是事事親躬，不辭辛勞，盡心竭力的忙碌著。在臺南這個地區，傳教工作的推廣並不是件容易的事，而人手又缺乏。蕭神父求好心切，只問耕耘，不計收穫，不眠不休的努力工作，疲憊的身體終於難以支撐，於是引發了去年的一場大病。經過一年的時間，病已漸漸康復。但願他從此雨過天青，一帆風順；少操勞，多休息，留得有用之身，才能做更多的事，幫助更多的人。

回國以後，認識了李蔚育神父，他是一位溫文、敦厚、儒雅的長者，待人隨和親切，與他相處如沐春風。

李神父單獨負責「聞道出版社」，每個月必須出版一本小書。編排、校對，一人扛崗實在不簡單。另外，他還負責中廣臺南電臺的一個「關懷」節目，每天定時播出，尤其煞費心神。怪不得每次去探視二位神父時，總是看見他趴在桌子上，埋在書堆裡——苦幹！

李神父的工作是文字的處理、編寫的事務，參考書籍、稿件文具特別多，而且認真工作起來，書本、稿件愈堆積愈多。李神父很有趣，他若在某一處被層層包圍的書本侵犯得透不過氣時，就會換一個戰場。只是，不到幾個時辰功夫，新開闢的戰場又被書本、稿件堆積如山，迫使李神父再度轉移陣地，重振旗鼓，又展開了他埋頭苦幹的工作。

蕭神父和李神父氣味相投，他們吃在一起，住在一起，工作在一起，生活在一起，互相照顧，彼此關懷，情逾親兄弟。蕭神父的工作是動態的，而李神父的工作則是靜態的，他們惺惺相惜，相輔相成，合作的天衣無縫。由於他們有理想、有熱誠、有學問、有幹勁；畢生奉獻傳教事業，使親近他們的人，也認識到信仰的價值和意義；主教座堂，在這十餘年來，經過他們的全力策劃、苦心經營，做了數不清的善事，也幫助了數不清的人，這實在是值得他們驕傲和感到欣慰的。

在這座堂銀慶來臨前，讓我們衷心祝禱、祈求二位神父健康幸福！

一九八九年於古都臺南

由佛法對人類科技發展的省思

人類即將邁入廿一世紀，隨著科技文明的突飛猛進，接踵而至的究竟是福還是禍，常使哲人疑惑。記得原子能之父奧本海默(Oppenheimer)臨終前，他曾懺悔著說：「我的雙手沾滿了鮮血。」他躺在棺木裏，雙手合十的遺像，至今仍深深印在我腦海裡。因為我也是學科學的，常感到這一人類的矛盾。人類不斷的創造及發明，究竟是為了要締造全人類更大的幸福呢？抑或是為了要征服宇宙，駕馭時空？是為了創造而創造，毫無目的呢？抑或是為了窮盡滄海，以達到「知」的滿足？總而言之，這一巨輪永無休止的向前推動，而人類的祖宗，人類的子孫，也永無休止的，一代接一代，隨著巨輪轉動筋疲力竭，永無休止。

從佛法的眼光來看，不免要發悲情，人類不能回頭，巨輪則愈轉愈快，愈轉愈急，終致失控，而自取滅亡。

《楞嚴經》曰：「一切眾生，從無始來，迷己為物，失於本心，為物所轉。故於是中，觀大觀小，若能轉物，則同如來。」從此可知，佛法可救人類，佛法可救世界。

這裡，首先把孕育科技文明的西方哲學的演變及近代思潮，稍作簡扼的說明，並與佛法相較，正本清源，我們才可以了解，人類在那裡迷失了方向，「在那裡失去的，還得在那裡找回來。」

西方文明，該溯源於紀元前的希臘。經過多次的演進和蛻變，發展到今天。若從時間的巨流中取一橫切面觀察，則可發現是如何錯綜複雜。美、蘇兩大強權，所標榜的是資本主義和社會主義。其實，這兩種制度的思想淵源，在本質上卻是相同的。因為，無論是資本主義也好，社會主義也罷，同樣都脫胎於唯物史觀。

東西方的宇宙觀究竟有何不同呢？笛卡兒是近代西方哲學的鼻祖。他對人類文化最大的影響，可說是「機械的世界觀」。將一切事物看作自身以外的個體，而加以客觀的分析及研究，由此產生了偉大的牛頓力學，也就是傳統物理學的重心。笛卡兒將物質與心靈劃分為兩個截然不相干的系統，這也就是導致自然科學與人文科學分道揚鑣的開始。此外，大家最熟悉的，是他的一句名言：「我思故我在」，把思維作用視作「實我」的存在。

與西方「機械世界觀」迥然不同的，是東方哲學的「有機世界觀」。在佛法中，我們知道，由感官所接觸到的一切事物都是息息相關、互為因果的。所謂「根塵為緣，識生其中。」

也就是說眼、耳、鼻、舌、身、意六根，與色、聲、香、味、觸、法六塵結緣，而產生了見、聞、嗅、嘗、覺、知六識，這六識分別前後事物，生滅心不停。根據佛法所云，這一切分別法，都沒有實體，虛妄不真，若從中強分人、我、法，強調自我的獨立性，是來自無明的顛倒。所以說，「我思故我在」，是一種不正確的存在哲學，比較恰當的，應該是「我覺故我在」。這個「覺」字，是超越世出世間的一種境界，所謂「轉識成智」，此之謂也。

佛家認為「萬法唯心造」，「心生則種種法生，心滅則種種法滅」。又說「境本無有因心有，心本無生因境生。」《楞嚴經》有云：「一切眾生，從無始來，生死相續，皆由不知常住真心，性淨明體，用諸妄想，此想不真，故有輪轉。」又說：「不知色身，外泊山河，虛空大地，咸是妙明真心中物。」

心若虛空，則無量無邊，則包容一切，故知諸法性空，而真空妙有之理顯現，自性常明，心就不會顛倒、不會迷亂了。這是何等奧妙的道理啊！

西方的世界觀是機械的、唯物的，而佛法的世界觀則是有機的、唯心的。因此，對於研究宇宙真理的方法與態度上，中外亦是迥然不同。西方人用的是重理智，邏輯推敲的科學態度，將一事一物，加以獨立的研究，而作片面的剖析，「格物」以「致知」，並嚴格要求，以清楚的語言文字，整理出一套獨立的知識體系來。

至於東方人追求真理的態度，則是重直覺、感性的宗教精神，將事物的整體，作全面的觀察，而追求一種徹底的覺悟。佛法中所印證的實相般若，即是無形無相，超諸語言文字，無從定義，不可理論，不可說也不可測。然而它卻是與生俱備的自家珍寶，「人人本具，個個不無。」唯有「去人欲，存天理」，加以觀照，在觀照功夫純熟以後，實相般若自然顯現，這種智慧的獲得，也可以說是「格物」——去除物慾，「致知」——致良知吧！但是，很顯然的，與科學方法所獲得的知識是不同的。科學方法所證得的，是片面的偏知偏見，經常會隨觀點、角度的不同而改變，所謂受界限條件(boundary condition)所牽制。不同於佛法中的正知正見。至若世俗的知見，更是無明的根本，實相的攀緣物，《楞嚴經》云：「知見立知，無明根本，知見無見，斯即涅槃。」

傳統科學，一向憑藉語言文字，輕視不合乎邏輯的直覺，然而，在廿世紀初葉，物理學上的許多理論，如「波與粒子的雙重性質」，如克可勒在夢境中發現了苯環的結構，都是些大膽、直覺、玄妙的理論結果，這原也是創造的一種原動力。

廿世紀初，近代物理學的開拓與發展，不單是一項科學史上的革命，同時，對於人類文明，也帶來了震撼性的影響，因為近代物理學改變了人類對時空、因果的觀念。量子力學與相對論，更驅使人類建立一套新的世界觀，而這種世界觀，卻與佛教的世界觀十分相同。

事實上，許多著名的科學家也認為，要認識真理，最好能深入研究東方哲學，尤其是佛學，佛學能匡正人心，提昇人類的心靈境界，培養崇高的道德倫理，這時，科學的發明及創造，在人類的智慧運作下，才可以發揮其「為人類謀福祉」的功能。因此，套一句 國父孫中山先生的名言：「佛學為哲學之母，研究佛學，可補科學之偏。」

作為一個學科學的人，身為佛教徒，我必須提出呼籲，我們不能本末倒置，為物所役，而迷失自己。人身難得，佛法難聞，趁有生之年，將佛法融入生活之中，勤修戒定慧，息滅貪瞋癡，轉迷成悟，見自性，體真空，做一個有把握的自由人，豈不妙哉！

一九九二年於國際佛教教育研討會

科學時代的佛教

翻開中國近代史，清末以來，戰禍頻仍，而百姓飽受顛沛流離之苦。民初有志愛國青年，憂國積弱甚深，提倡五四運動，並引進了賽先生(science)與德先生(democracy)。主張全盤西化。激進分子為了徹底的剷除封建思想，甚至提出打倒孔家店，因此有些寺廟亦遭到波及。

今天我的主題不打算談德先生，雖然他已經在臺灣入籍了。至於賽先生，過去五十年來，兩岸三地的中國人，都深受其影響，並且各自蓬勃的發展。尤其是在學術界，賽先生的信徒們，非常忠實於他們的信仰，將它奉若神明。並且常常會批評：「這個不科學，那個不科學。」卻不知道，科學是人類的發明，是服務人類的，既是人類的創造，就必然有其缺陷，必然有其極限。不需要過分崇拜，甚至陷入迷信。

在科學登峰造極的今天，我們佛教徒應更有信心，因為科學愈發達，佛經的許多謎便能解開。在從前，知識尚未普及，宗教被認為是人類心靈的麻醉。僅只是在追求不可知的海市蜃樓。自從中國門戶開放後，又有人認為信洋教比較時髦。殊不知佛教博大精深，早在兩千五百多年前，佛陀已經把最新的科學知識、人生哲學和宇宙真理盡已納入經籍之中。只可惜人們的知識程度，未足以進步到可以具體證明佛經中的道理。而今天才漸漸的掌握到部分的證明。

佛陀說法四十九年，其所說法，包括天文、地理、社會、政治、心理，各層面。佛生人世，本來就是要對人說法。所以佛法不離世間法。三藏十二部，浩瀚如江海。有幾個人，能窮一生精力，讀遍三藏呢？佛經是如此豐富，然經中有一個這樣的故事：「有一天，佛與弟子在森林中散步，在樹上摘下一把樹葉，問弟子說：『比丘啊，你們看，是我手中的樹葉多，還是森林中的樹葉多呢？』弟子們說：『世尊，當然是森林中的樹葉多啦。』佛說：『比丘啊，我所說法，如掌中之葉。而宇宙間的真理，卻如林中的樹葉一樣多呢。』」佛陀的謙虛還不止此。對其所說之偉大真理，佛陀只認為是渡河筏、指月手。河渡後而棄筏，順指則需觀月。《金剛經》有云：「法尚應捨，何況非法。」

佛所說法，所涉極廣。然佛眼諦觀宇宙，過去之學，佛盡知。現在之學，佛亦知。未來之學，佛仍是無所不知。

先從淺處說：「佛觀一缽水，八萬四千蟲。」肉眼所無法察覺的微生物，佛眼不需顯微鏡，一看便知道。

《阿含經》裡，有一部《大樓炭經》。描述世界的形成。所謂世界，即是指有人類的行星。其成住壞空，就如同燒木炭一樣。內部燒得火紅，表層有空氣陷下的部分，在地球上則形成海洋。

另外，還有一部經名叫《起世因本經》。裡頭詳細的介紹了各世界(星球)人類的起居生活。如今多方證明，外星人確實來過地球。雖然美國國防部仍然否認，不想將此事實公諸於世。然而目睹有關飛碟、幽浮、外星人的消息，卻愈來愈多。眼見就再也掩飾不住了。

我們自是不敢斷言，來地球的外星人，究竟來自那一個天界，是那一世界的人類。然而，未來的地球人，必然會與更多的第三類接觸，而放棄頑強的否認它的存在。

《阿彌陀經》是最常被持誦的經典之一。其中有：「從是西方過十萬億佛土，有世界名曰極樂。」十萬億佛土，即相當於十萬億世界，亦即十萬億星球，十萬億不同種的人類。根據佛經上的描述，這些不同的人類，其外貌、身形、顏色、高矮、生活習慣，都與我們地球人不同。

佛教的各宗各派，學術氣氛很濃，要數華嚴宗和天臺宗了。華嚴宗重唯識學，而天臺宗則推崇般若思想。如果我們從科學的角度去探討，就更顯出佛教的偉大了。

首先讓我介紹一下唯識學的五蘊：五蘊是指色、受、想、行、識。色，是身法，是物質的。受、想、行、識是心法，是精神的。我用一部電腦的功能，來說明其間的關係與功能。例如我們的一些數據資料，（色）；要輸入電腦，（受）；經過傳譯機(compiler)，轉換為電腦語言，（想）；然後進入中央處理機計算作業，（行）；運算出來的結果藏入記憶體(memory)中，成為一種知識，（識）。

人和機器的運作好像啊！人的功能和電腦不是一樣嗎？在《觀普賢行法經》中，有所謂「機關人」。我們都知道，一部機器須要打開總開關，機器才能運作。人的心，就如同此一開關。起心動念，即有行為造作。所以稱之為機關人。佛法實在是太微妙了！

大千世界森羅萬象。舉凡外界的色、聲、香、味、觸、法。我們稱之為六塵。經過與人類的眼、耳、鼻、舌、身、意六根互相作用，即產生了六識，也就是分別心。《楞嚴經》云：「根塵為緣，識生其中。」而這六識，即是見、聞、嗅、嘗、覺、知。六根、六塵、與六識加起來，合稱為十八界。其中根、塵是色法。而識則是心法。

六根、六塵、與六識，事實上都不是「我」，不是自性。《楞嚴經》中有云：「見見之時，見非是見，見猶離見，見不能及。」是什麼意思呢？「見見」中第一個「見」字，是指能見的（眼）。第二個「見」字是所見的（色）。就是眼看到色的時候。眼根還不是我們的見性。眼根尚且離開見性，何況是所見到的色境呢？因為佛法是心法。人都執著身為實有。以為是我的本體。因此，找不到自性。這也是佛陀喝斥阿難：「從無始來，不知常住真心，性淨明體，用諸妄想，此想不真，故有輪轉。」談到識，前六識還只是分別臆度。第七識稱為末那識。第八識則為阿賴耶識，亦名藏識。末那識是「我執」，外執於「法」，內執於「我」。而第八識又稱為識田。此識隨人生死輪迴，上昇下沉。所有思想造作，所感受的果，均跌進八識田中。無論善因善果，遍藏了進去。形成業力。此是潛在的一股力量。故曰潛力。這也是很科學的呀！例如化學反應。必有能量之產生。當能量累集到臨界點時，就會爆發出來，業力亦是如此。所以有三世因果，如善業帶人為善，惡業帶人為惡，善業招感善果，惡業招感惡果，此等之力量極大，不可忽視。如監牢中之囚犯，出獄後，不思改過，明明知道不好，還是要作惡，這就是業力招感性之證明。

業力既然是一種能量。而能量之傳播，是以電磁輻射之方式。學科學的都知道。電磁輻射中，同頻率者，可加強共振。所以物以類聚，而產生建設性的波，而頻率不同者，則彼此干涉，而造成破壞性的波，就彼此排斥了。例如聲波，兩人同唱一種調，才成和諧的歌曲。若各唱各的調，即成噪音了。這不正是對佛經所說招感性，一種非常科學的解釋嗎？

愛因斯坦最大的發明，是他的相對論。他所列出能量與質量的關係式$E=mC^2$，不啻是〈心經〉以及其他佛典對於「色」與「空」的最佳詮釋：〈心經〉中有下面幾句：「色不異空、空不異色，色即是空，空即是色。」這幾句文字，以現代白話來解釋：「色」就是物質，而「空」，就是能量。這種空不是真空，還可以變化出物質來呢。質量與能量是可以互換，是不一不異的。這一事實，佛眼在兩千五百多年前已經發現。但是，當時沒有同步加速器，又有誰可以實驗證明呢？

如果我們分析一下原子的構造，若以波爾模型來解釋，其組成主要是原子核以及圍繞著運轉的電子。電子在不同能量的軌道上，繞著原子核轉動，乍看之下，彷彿群星圍繞著太陽運轉相似。

再看看原子核的內部，除了中子與質子以外，還有更細微的基本粒子，例如光子與微中子是沒質量的，電子的質量最輕，而介子比電子重數百倍，而其他如質子、中子又比電子重數千倍。

這些基本粒子在加速器中，互相碰擊，會產生許多種轉變，它們不單是互變，而且會產生能量，甚至在碰擊中消失或產生。例如正電子和電子在碰擊時，會發生高能量的γ射線，然後消失得無影無蹤。這是由物質轉變為能量的證明。又如沒有質量，不帶電荷的微中子，它是以「空」為體。在極高的速度中，發生重力的來源。所以由高能物理學，似乎可以證明「色即是空，空即是色」的道理，對於「當體即空」也就可以有進一步的理解了。

道人一樣平懷處

認識曉雲大師，已是二十三年前的事了，那年我剛自大學畢業，在香港教書。一面正緊鑼密鼓的準備出國留學。有一天，聞性精舍來電話，說臺灣來了位曉雲法師，是倓老的弟子。因當時師父樂老不在香港，囑我快去與她見面，並好好陪陪她。

初見雲師，即感到她清氣逼人，數日共處，她領我祭拜倓老舍利塔，並探望譯經前輩陸寬昱老居士，談佛法、談教育，只覺得她見多識廣，學問淵博，且富有哲人悲天憫人的胸懷，卻不知道，她原來就是一位藝術家。

後來，我在德國阿亨求學，雲師曾作環宇周行後第二次來到德國。一九七九年，她到了比利時，我亦趕往比京參觀清涼藝展。並邀請雲師來德小住。有一天當地的中國同學都來了，向雲師請教各種不同的問題。雲師即舒展畫作，並詳細解釋畫中含意，那時才真正一睹雲師在藝術上的造詣。

對於藝術，我原是外行人，但家外祖父母卻是深諳此道，尤其是家外祖父，虔信佛法，畫風師八大山人，當時藝壇對之評價甚高。而我看雲師的畫，潑墨的山水，氣勢雄偉，揮灑自如。至於彩色的繪圖，則色彩濃淡，深淺有致，和諧悅目。配上充滿禪意的題目，直把意境提升至另一超然的境界。才驀然發覺，藝術不但能陶冶性情，給予人類淨潔唯美的心靈饗宴，更富有啟迪智慧和教化人心的功能。雲師的畫中蘊含禪機，發人深思，有言語之所不能盡者，唯憑慧覺心領神會。故藝術是文字般若之最高境界。因藝術透過視覺，而直接通往心靈深處，剎那即為觀賞者與作者之間搭起一座橋樑。故禪者，以心印心。而禪畫，更是藉畫而傳佛心印，會得、會不得，則端看觀賞者契入之深度了。

雲師是宗教家，自幼受佛法薰陶，其畫風固承襲嶺南派高劍父大師，然在佛教藝術，亦受明季四高僧畫風影響。此外，更因遊學印度多年，並曾臨摹阿姜塔，對色彩之調配，形成獨立的風格。她自印度歸來，曾隱居閉關，參禪修定，如是多年，耽於禪悅。自依止倓老座下，始悟人生在世，固為一大事因緣，然身為佛子，卻也必須具備菩薩大悲救世精神。因此雲師的畫作中，多有參融入佛法悲智思想。她曾解釋「成等正覺」一畫時，說：「世尊夜睹明星，覺悟一切眾生皆有佛性。」最難得的，是他自菩提樹下站起來，再走向人群，普渡眾生。這才是真正的大慈大悲，才是真實的「生命之雄」啊！另一幅「眾生有病我有病」，亦充份反映出佛法的精神。維摩居士修定功深，何來疾病呢？以眾生業重，常為病痛苦惱，菩薩不捨眾生，行「無緣大慈，同體大悲」，故感同身受，而示現疾病之苦。

對於雲師悲憫情懷，最能表達的是「不見牛的快樂」和「我佛中宵有淚痕」，牛雖多耕辛苦，只知努力工作，勞瘁終生的，何嘗享受快樂？而「我佛中宵有淚痕」，更毫無保留的闡述大覺至尊，憐憫苦惱眾生不知覺悟，起惑造業，分秒不停，因果循環，無有出期。是以佛眼觀眾生，而「中宵有淚」。這一幅畫，其意境感人至深。

今逢雲師六十四畫齡回顧展，可自其畫風之演變，及題材的分類，發見哲人一生，對真理之探究，對人生真諦的追求，且不論其早期曾「一肩行李兩支筆」，雲遊四海、浪跡天涯，行足千里，旅遍許多國家，隨時隨地忠實的紀錄下當時的景物；從其畫作的主題，則可觀察到其心路歷程。

雲師早期的作品，多以詩句命題，如「野渡無人舟自橫」，及「吩咐寒松伴雪梅」等。後來在印度，寫了不少當地的景物，如「恆河之畔」，有一位身穿沙麗的女郎，面向朝陽，立於恆河之濱。另外，更有「早禱」及「尋解」兩幅大中堂，也是一九四八年留印期間的作品。「早禱」一畫，寫破曉時分，大地初醒，萬籟俱寂，俯仰蒼穹，唯殘月疏星，此刻最易驚覺世事變幻無常，人生在世，「寄蜉蝣於天地，渺蒼海之一粟」，而頓時對宗教心生依賴及仰慕之情。及至「尋解」一畫，是雲師作「早禱」後，意猶未盡，急思維追尋人生真諦之解答。於是以沙麗代畫紙而作此畫。圖中有一人翻山越嶺，為覓師參學。此說明雲師對於徹底探源，不辭艱苦。並重視切身實踐、行解並重，以求達人生至高完滿的境界。

佛法是講求行持的，雲師的畫作中，有不少即是講修行的方法及境界。如「度過危崖知力健」，「一探靜中消息」，「道人一樣平懷處，月在天心影在波」，又如「非行非坐三昧」，「如龜之藏六」。前者說明「運水挑柴，無非佛法，非行非坐三昧，功果現成。」而《涅槃經》中「如龜之藏六」，更是警策修行人，不可放逸六根。這種藉畫而施教，扣人心弦，把佛法寓入畫中。在美的觸動下，透過無比的智慧，將佛法的慈悲，傳遞至學佛人，在心靈感動與共鳴中，接受了它的陶化。

雲師曾送過我兩幅畫，一幅小品是當年訪阿亨古都時贈送給我的。圖中有兩株蒼勁的老樹和一位出家人，所題之禪詩是：

我在山中行，安步不須馬，有時訪怪石，有時趨樹下，
本無取境心，何勞更修捨，嗤彼世途中，鑽龜復打瓦。

數年前，雲師另贈「梅花」一幅，老梅之枝莖，是以紙卷成筆，沾墨而成，至於梅花花瓣，則是雲師以食指點彩紅繪成，十分神奇。也是雲師畫藝精深，才有如此之功力。

近年來，雲師為了辦學，犧牲了作畫時間，故有〈慰畫筆〉之文。然每年正月初一，仍必閉門伏案寫梅花，而年年的風格，均有奇妙的改變。

禪師禪畫，原來就是「言語道斷，心行處滅」者。因為所繪之意境，「分明空劫那邊事」。「那邊事」，不可說，原是要用心看，以神會，才可體會出一個「妙」字來。

《曉雲山人六十六畫齡回顧展專輯》序

清涼藝展在長沙

在湖南長沙佛教協會會長博明老法師力邀之下，第廿屆清涼藝展，終於在長沙麓山寺展覽廳隆重開幕。這是海峽兩岸文化交流的另一創舉，意義極為深遠。

近年來，隨著兩岸政策的開放，經貿活動日益頻繁，唯文化交流僅限於學術研討會，至於藝術展覽，雖有大陸畫家來臺舉辦個人畫展，但以臺灣一個畫家團體的作品，赴大陸展出佛教禪畫，卻從未有過先例。因此，這次在長沙，無論佛教界、藝術界、文化界和學術界，均特別加以重視。回想起來，由畫展前籌備時期所遭遇到的種種困難，至展出時空前踴躍的盛況，更加強了我的信念：佛弟子應不畏艱辛、排除萬難、奮勇向前，必能感得佛力加被，而獲得最後的成功。

自政府開放大陸探親，我幾乎每年都回長沙，探望年邁的舅舅、舅母。長沙有兩大著名古剎，都有一千七百多年的歷史。其一座落在城中心，名「開福寺」，以前常聽我姨母提起，寺內有許多幅對聯，以及「大雄寶殿」四個大字，皆是出自我外祖父孫琳的手筆。唯經文革後，舊對聯早已不知去向了。另一座「麓山寺」，位於岳麓山，由於數年前母親回長沙探親時，首次接觸方丈和尚博明法師，見法師之學養淵博、見解超脫不凡，故籌募一部《大藏經》相贈。

自我親近博師以來，亦深為其過人的魄力、智力、能力與精力所折服。他老一人身兼數職，除索回廟產、並修建三座祖庭，重振宗風，以荷擔如來家業為己任，並以大無畏的精神，與惡勢力搏鬥。

博明老法師出生南岳、襲承天臺，係默庵老法師嫡系。他知我與曉雲老法師法緣殊深，故懇託我與雲師相商，希望將「蓮華學佛園」師生之清涼藝展，移至長沙舉辦。

回大陸數次，深知目前大陸尚不容許外來人士登壇講經說法，然大陸同胞渴慕佛法滋潤，卻苦無門徑。且異端邪說盛行，欲導之正途，唯佛法而已。故我當時思維，若「清涼藝展」能在長沙展出，藉畫意即可宏揚佛法，尤其是「現代經變圖」，全是佛經故事，必能感動人心。回臺後，即向雲師懇請應允畫展之遠征，並表明「極力護持，一切承擔」之意。雲師初時認為清展作品，大部分是巨製，且已配好鏡框，不方便攜帶，然而，在博師來電鼓吹下，我一再勸請，終獲雲師慈悲首肯。

接下來，兩位老法師即雙管齊下，一邊是積極的把畫拆框、重新修裱、編製畫目，清點出八十幅精品巨作，還委派蓮華學佛園修慈園長，及仁隱法師同行，另一方面，博師則積極辦理手續，並經市文化局、省文化所、宗教局，統戰部臺辦，乃至北京文化部批准後，始可順利成行。

我們是十一月十九日啟程的，我已早兩天來到大崙山。與幾位老師和同學們，一同整理畫作。臨行前一晚雲師還揮毫修改了幾幅畫。次日一早雲師率領我等一行五人——修慈師、仁隱師、林濃老師、柯美玉居士和我，一同來到佛前，上香頂禮膜拜，並祈願兩岸和平，國泰民安。然後，我們向雲師頂禮告別，雲師殷殷一再叮囑，我們到達長沙道場應該注意的禮節，情深義重。車既啟動，我不禁頻頻回首，凝視那佇立風雨中送行老法師的身影，漸漸遠去，心底自是難免一番激動。

當天由中正機場到香港，休息了三小時，繼續飛向長沙黃花機場。出了閘口，即見博師親自來迎，他們已苦候多時，而未嘗藥石（晚餐）。博師租來一部大汽車迎接我等，然後直奔岳麓山，當時長沙已是入冬時節，氣候十分寒冷，氣溫僅攝氏一至四度，且下著大雨。我心中不禁十分憂慮，這等天候，是否還有人上山觀畫呢？

第二天一早，我們已開始佈置會場，卻連續停了幾次電。更令人著急的，是沒有框的畫，要如何掛起來，也煞費心思。幸虧仁隱師和林濃，追隨雲師多年，對於畫展佈置經驗豐富。在窮則變、變則通的情形下，硬是把畫縫在襯底的黃布上。這次畫展，重責在肩。因為藉畫宏法，是一創舉。我只有一再追問博師：「會有人來看嗎？」

十一月二十二日，早上十點正，天忽然放晴，陽光普照，一掃數日陰霾。清涼藝展正式在麓山寺隆重開幕，博明長老身披祖衣，率眾上殿。鐘鳴八響，禮佛三拜，在一片炮仗聲響中，麓山寺及開福寺所有僧尼及來賓，同集殿前，聆聽老法師開示。博師首先陳述了舉辦清涼藝展的緣起，並讚嘆這次由曉雲老法師所主辦的清涼藝展，能在長沙岳麓山展出，實屬因緣殊勝難得。

老法師開示後，即由修慈師代表曉雲法師致謝詞，而後我將佛教藝術對中國文化的影響、「現代經變圖」與「傳統經變圖」之差別，以及畫作之特色作了一簡短的說明。

這次展出的畫作，可以分為三個部分，一是曉雲法師的禪畫、二是「現代經變圖」、三是佛菩薩像。禪畫中，最突出的，是雲師的「雪山苦行」及「成等正覺」，分別描繪佛陀成道前後的情形，這兩幅大橫披，掛在畫廳的正中央，為了這次展出，雲師巧妙的將這兩幅巨製，由水墨改成了彩繪，煞是好看，震撼人心。又因展出之作品為禪畫，皆來自佛心，故雲師又以巨大的字體寫下「佛心」二字，作為主題。

經變圖主要有「法華經變」及「楞嚴經變」，後者為二十五聖自述圓通故事。博師特別喜歡「龍女獻珠」，他說龍女頃間成佛，可激勵女眾，發心精進，因佛行等慈，不分男女，均可成就佛道。我則偏愛《無量義經》「如龜之藏六」，喻眾生不可放縱六根，需收斂向內，才能自覺，更不會受外境所惑。

自二十二日起，每天上午八時開放會場，參觀者不斷湧入，我們一行五人，也不停的為觀眾講述畫中之意義。會場裡有高級的根雕藝術品和花卉點綴每一角落，顯得更是莊嚴、典雅脫俗。錄音機則輕送梵樂。而且會場燃香清香撲鼻，使人心境特別自在安詳，真可謂：「法喜充滿、遍地清涼！」

接連數日，來賓不斷，麓山寺在山腳下準備了一輛大型遊覽車，隨時接引訪客。遊人絡繹不絕，多虧博師事先已作妥善安排，發動了當地文化、藝術、學術單位人士，前來參觀。而岳麓山一帶，均是大學及大專院校，單是湖南大學及湖南師範大學師生，已逾兩萬人，故得地利之便。來訪者多是知識分子及社會地位崇高人士。單是藝術家就來了三批，第一批是師範大學藝術學院院長聶南溪教授領隊，同行八、九位教授畫家。第二批則由楚天書畫研究院副院長李安光及老畫家劉迪耕先生帶隊，一行約十數人，第三批則為白石門下禪畫家，他們對臺灣佛教藝術很感興趣，頻頻發問，加深了解。

媒體方面，有湖南有線電視及長沙電視臺的新聞報導，也有新華通訊社、《湖南日報》、《長沙晚報》等發佈消息，和各地廣播電臺的爭相介紹。來賓中，有政府官員、學者專家，而最多的則是學生了。我和柯美玉居士整日裡不停的在會場講解，尤其是經變圖中的佛教故事，特別引人入勝，從他們入神聆聽，臉上所表現出來的虔誠敬意來看，我深信他們的心，已完全融匯在佛法的喜悅中，心與心的接觸，產生了強烈的共鳴，佛法把我們統一了。最後兩天，柯居士和我都患了感冒，她頸痛，而我牙痛、聲音都沙啞了，然而，我們仍爭取把握最後一刻，也會彼此互勉：「將此身心奉塵剎，是則名為報佛恩。」

這次展覽中，博師準備了幾本簽名簿，其中一本最精美的，是留給貴賓簽名的。我們請博師寫下幾句作為卷首。他也不推辭，即題道：

剖一微塵具大千，佛恩祖意古今傳，
而今展出清涼藝，一香一色利人天。

臨行那天，博師方領我們在岳麓山上繞了一圈。岳麓山上風景絕佳，有隋朝佛舍利塔，有智者大師講經臺及拜經臺，雖然如今此二臺已成為革命先烈蔡鍔及黃興的墳墓。然而，祖師的經臺也好，先烈的墳臺也罷，長伴青山翠巒，古剎晚鐘，誠乃人間之仙境也。

中午時刻，宗教局的一行官員們設素筵，為我們餞行。湖大的校長俞汝勤教授也來了，然後我們拾起行囊，就地向老法師頂禮叩別，我則向博師道：「我還要多拜兩拜。」他老即說：「多拜做甚？」我不吭聲，低頭便拜了下去，博師忙攙扶起我，一切盡在不言中。

一九九三年於湖南長沙

朝普陀

如同所有佛教徒，我也有個心願，盼在有生之年，遍禮中國佛教四大名山及佛教聖地。自從大陸政策開放後，我便藉著探視舅氏之便，來往大陸已有好幾遭，有幸一覽故國如畫江山，更有幸隨緣拜謁名山古剎，五千年的歷史文化，都一幕幕隨著古跡名勝而呈現眼前，令人眩惑，彷彿置身夢中。記得第一次回大陸探親，就把「朝普陀」排上了節目，那是我姨媽生前，不知講述過多少次的「人間仙境」，提起普陀，我腦子裡甚至可以勾畫出一幅圖畫——湖南高僧明印老法師，領著模樣兒有點「仙風道骨」的外祖父，富泰雍容的外祖母，和才十多歲時的小姨媽坐著海船，迎風破浪駛向普陀的情景——嚮往「普陀」已經太久了。

記得民國七十九年那年暑假，我由香港直接飛到上海，豐子愷先生的幼女豐一吟女士來接我，復旦大學鄒副校長也來了，我就在復旦住了兩晚，因感交通不便，就搬到豐一吟阿姨處了。費了九牛二虎之力，才買到去普陀的船票，豐阿姨是上海佛協的理事，所以她透過熟人，安排一位普陀山的道全法師來接我，並登記住宿於「法雨寺」的招待所。

船程整十二小時，抵達普陀時，正是清晨。道全法師至碼頭來接我，直奔「法雨寺」，我住進招待所後，那一早就仔細端詳「法雨寺」前前後後。據說文革時期，該廟完全被摧毀，佛像亦不知去向，一九七九年重建，現今已具宏偉肅穆的規模。然而，我卻不知怎的，跪倒「圓通寶殿」大悲菩薩座前，愴然淚下如雨。想菩薩大慈大悲，苦海度眾生；遍灑甘露，火焰化紅蓮。是千百年來，眾生信仰的依靠，心靈的寄託。而菩薩的道場，竟被無知頑強眾生任意摧殘，怎能不叫佛門弟子心痛呢？我跪在菩薩跟前，唸完一卷《普門品》，已是百感交集、泣不成聲。

吃過午齋，道全師道，天氣太熱，四點以後再安排車子，陪我出外走走。我卻悄悄溜出去，坐上十四人座位的車子，獨自去遊「梵音古洞」，洞內別有天地，兩堵崖相隔成一線，若向岩洞裡看，相傳菩薩會現真身，我看了好一會，也誠心祈禱過，卻未見菩薩聖容，只嘆自己佛緣不夠，修持不力了。回到法雨寺，道全師領我去參拜了「不肯去觀音院」，和海潮音，觀音院內，有位年輕法師送給我兩塊紫竹林石，石上天然墨跡，有如竹葉般，十分有趣。

黃昏後，漫步寺後千步金沙，那沙灘的沙子軟綿綿的，甚是輕柔。波濤拍岸時，發出轟轟巨響，煞是好聽，這普陀山的確是仙山寶地，令人心曠神怡。

第二天六時許，我即從後門出去，三步一拜朝「佛頂山」，沿途有人說：「心誠則靈」，也有人說：「一定是求什麼的」，還有人說：「我這裡有萬靈丹哩！」彷佛笑我迷信。這且不提，一路拜上去，花了兩個半小時，才拜到「慧濟寺」的大悲菩薩跟前。快到山頂上時，與我同住宿法雨寺的一隊人馬，上海來的許老師、鄭老師等已先我而到，連門票都是他們代我付的。拜過佛，再洗乾淨額頭、手臂，四處瀏覽一番，想起我姨媽當年遊普陀時所作的詩：

遠上佛頂山，來尋山頂佛，
借問佛何之，山中本無物。

我的姨媽，自幼即絕頂聰明，詩詞中更是透露著一股清新脫俗的靈氣，這首詩，禪味甚濃，卻是出自一個十多歲女孩子之口。這個女孩子，一世坎坷，受盡苦難折磨，怎不令人唏噓？

吃過午齋，許老師等建議去拜訪「法雨寺」的都監覺正老法師，他們那團隊中有位孫小姐要皈依他。我看這位老法師，莊嚴法相，是真行者。他過午不食，偏我們一去，就耽擱了他中午齋飯，真是罪過。

中午熱，大家都休息去了，我又一人乘車去了「普濟寺」，遊玩了一會，正遇見道全師來找，他問我要不要拜謁方丈妙善老法師，並說方丈德高望重，在普陀山無人能及。已有八十五歲高齡。我說若是訪客甚多，則無法請益；若打擾老法師清修，也不應該。道全師卻口口聲聲沒關係，他先進去看看。剛好老法師身體有些不適，已執意在方丈室接見我，慈悲緣份都不可思議。他知道我住在豐一吟家，並說想看看《護生畫集》，我一口答應回到上海，馬上寄一套《護生畫集》去。他又談到「普陀山佛學院」，要我去看看，因該院師資缺乏，書籍也缺乏。我聽了難過。心中念及「湛然寺」陸續出刊的天臺藏，正好作佛學院教材，就打算著寄一套來。

回程參觀了「大乘庵」，參拜了大乘臥佛。

這一趟朝普陀，有緣認識了上海一些文人，許文漪、沈祖祺夫妻、鄭方進老師、教氣功的盧老師，和李老先生等。許老師已退休，在「老人大學」教國畫，她和鄭老師合作送了我一面扇子，許老師畫一幅西湖風景，鄭老師則書寫了：「手把青秧插滿田，低頭便見水中天，身心清淨方為道，退步原來是向前。」送給我。此行另一種收穫，就是結識了這一群大陸的知識份子，談話十分投緣。尤其是許老師，雖然年紀比我大一個輩份，卻沒有「代溝」，也沒有「峽溝」，樂觀、開朗、直性子、真誠待人、言談不俗，我不禁暗自感激上蒼，使我走到那裡，都遇到好人。

第三天原擬隨道全師去「小西天」的，因許老師一行已包了一艘船去「洛伽山」，許老師等很希望我和他們同行。說：「不去洛伽，等於沒到普陀山」，又說：「洛伽山是供南海觀音的，怎能不去？」聽得我著急了，改變主意，和他們去洛伽，遊玩至十點半，他們送我回普陀碼頭，揮手道別，不勝依依。

我獨自回到禪寺，下午即往覺正師處告假，他老拿出一串瑪瑙念珠來送我，還說曾去找過我，令我十分震驚感動。與他老又談了好一會，他老說了一句令人回味的話：「普陀山素來是『佛靈人不靈』。」如今的普陀山，外貌雖已恢復舊觀，然而，「人」在那裡？另一方面，我又想到像他老這樣的出家人，若在港臺，必然受到信眾尊敬供養，然而在大陸，文革時定吃了不少苦頭，不知如何熬過來的，我不敢問。

從大雄寶殿起再度拜過了全寺佛菩薩，道全師來找我同去「小西天」，此為一女眾道場，參觀了梅福庵、磐陀石、觀音古洞，還有著名的二龜聽法石，最後也參觀了「普陀山佛學院」，並在院內吃了碗麵。佛學院圖書館的藏書少得可憐，而僧材的培育的確是需要大力扶持的事。我在普陀山遇見一些小沙彌，實在缺乏正宗的培養，連坐立儀態都不像位出家人，更遑論及修為了。

拜別菩薩，我走了，我還會回來！
南無大悲觀世音菩薩摩訶薩！
南無摩訶般若波羅蜜！

一九九三年於臺南

禮九華

這一趟參加安徽銅陵所舉辦的「國際亞洲文明會議」，原是與我八竿子沾不上邊。只因中文系唐亦男教授盛情邀約，並許以同遊九華及黃山，我才慨然允諾，因為九華山是地藏王菩薩的道場，幾乎所有的佛教徒都對地藏王菩薩有一份特殊的感情，我也不例外。根據《地藏菩薩本願經》，在不可思議阿僧祇劫，覺華定自在王如來時代，菩薩曾為一宿福深厚的婆羅門女，又在清淨蓮華目如來時代，曾為光目女，兩度曾為女身，且都是孝感動天。身為女子的我，特別感到親切，雖然菩薩所示現，則是出家大丈夫相，與其它菩薩瓔珞纏身特別不同，卻相好莊嚴，使人肅然起敬。這裡我不是要刻意分別，其實每一位菩薩方便解脫及方便度生的法門，都是同樣的不可思議，無法比擬。我們凡夫俗子，對菩薩崇敬感恩之心，應當等無差別。

參加這次會議的原因，是覺得「亞洲文明」，豈能不包括影響深遠的佛教文明呢？所以我以「由佛法對人類科技的省思」為主題，闡揚及推廣佛法真理。結果大會中，只有中央大學的鄭琳教授和我發表了有關佛教文明的論文。另外由唐教授邀約的周群振、駱建人、蔡茂松數位教授，所宣讀的論文，則是闡揚儒家及道家思想，至於大陸的學者，幾乎全是繞著甲骨文和古銅器上打轉，可見兩岸所重視的「文明」，有所不同。

安徽之行，對我而言，是假開會之名，主要目的則是拜佛，以及飽覽故國山水之美。且不提會場上鬧嚷嚷的演出，及會後的交際應酬，我卻巴不得早些離開，爭取時間，好瀏覽更多的風景。我們包了一部麵包車，直奔黃山。雖然真正享受到山色美景的時間很短，總共只爬了四小時的山，卻也觀賞了排雲亭、飛來石。黃山既美且奇，令我毫不設防的深深為它傾倒。第一次我聽到內心對山的呼喚，連自己也從不曾察覺到那種對山的動心與著迷。

離開黃山那天一早，我們一行人，站在白鵝嶺苦苦等候纜車，寒風細雨濕透了風衣。團友們苦中作樂，唱歌說笑，一個個返樸歸真、渾然自得。唐教授這幾位朋友，都是性情中人，大家相處得很有默契，十分投緣，旅遊時的同伴，必須興趣相同，彼此相處融洽，才會增加旅遊時的樂趣。否則只會徒增苦惱，這種經驗我曾有過。

在太平湖過了江，到達九華山時，已是下午三點多了，在上山的途中，我的思緒漸趨複雜，我沈默了，心中早已默念起地藏王菩薩的聖號。想菩薩因地時，曾為極盡孝道的婆羅門女和光目女。而我姨媽生前，養我育我，茹苦含辛，而我何曾克盡孝道？如今落得「樹欲靜而風不止，子欲養而親不待。」一時悔恨交集，悲從中來。記得姨媽往生後的頭七，恰逢地藏王菩薩聖誕，當時我請了一尊鑄造極為莊嚴的菩薩聖像，在安置姨媽骨灰的崇孝塔內，延請兩位竹溪寺的尼師，共同誦經禮佛，超度待我恩重如山的姨媽。冥冥中總覺得她老人家會受到地藏王菩薩的特別護佑，心裡也踏實得多。

「地獄不空，誓不成佛，眾生度盡，方證菩提。」菩薩的悲願，是何等的壯烈！想眾生造孽，分秒不停，地獄那有盡空之日？眾生難有度盡之時！更憐菩薩的悲心，忍不住熱淚盈眶。當時團友們在旁，深怕失態，故強忍心酸與悲淚，專心一念執持名號。這一種情緒，連我自己也解釋不清，彷彿一個與慈母失散多年的孩子，重返母親懷抱前的激動，還帶著一顆虔誠懺悔的心，渴求寬宥與諒解。

車子直奔九華山，迂迴曲折，峰迴路轉，思念的情緒愈加熾烈，與菩薩之間的感應也更深刻了。一語不發的，只盼早一刻投身拜倒菩薩座下，車子停在「聚龍賓館」前，就座落在「祇園禪寺」正對面。卸下行李後，稍作梳洗，急忙趕著出門。導遊遞過來一張九華山的地圖，此刻我也顧不得團友們，匆匆走出門外。三步併作兩步，口中唸著菩薩，心裡想著菩薩，穿過九華街，首先即抵達了「上禪寺」，才見到丈餘高的菩薩金身，已然悲淚失聲，拜倒佛前，半晌也爬不起身來。

接著來到「肉身殿」，參拜肉身菩薩，也就是唐朝由朝鮮來中國，住錫九華山，肉身不壞，人稱金地藏的金喬覺大菩薩。後世恒認為他是地藏菩薩的化身。

拜過了肉身菩薩，心情也輕鬆了許多，下得石階來，只見唐教授一行，正與一位尼師在談話，這位潔淨尼師是與她姊姊二人同時出家，建精舍於此。雖然她誠摯的邀請我們去參觀她的精舍，但天色已昏，只見扭傷了腿，行動艱辛的駱教授也已到來。駱老的夫人曾託付他必須親禮地藏王菩薩，為了達成夫人的心願，駱老奇蹟似的緩慢且舉步唯艱來到臺階前。我自告奮勇，陪駱老上去，再拜一次菩薩。此番朝謁九華，時間是如此短促，遍禮諸剎的心願難了，只好再拜一次肉身菩薩，也可稍慰我對地藏王菩薩萬分崇敬與感恩之心。

下山後我們同往「上客堂」用膳，這是九華山佛教協會承辦的一座賓館，它即座落在祇園禪寺的東側，有一位慧光法師出來招待我們，他說已接到安徽省政府的公函，通知他們接待我們這來自臺灣的教授團，還以為我們應當會在「上客堂」下榻，其實我們的行止，均由「旅行社」安排，一些也不由我們作主。若是我早知道有佛教辦的賓館，必定建議來此借宿。而我們那位司機，卻連素菜也吃不習慣，需另外去吃宵夜。

用過晚膳，慧光法師為我們引見了方丈仁德老法師，參拜了祇園寺的三尊大佛。文革時，仁德老法師也吃了不少苦頭，他說，當時別無牽掛，一心念佛。而今宗教政策落實，信徒由各地前來，應接不暇。整日為度生事忙碌，反而耽擱了自身的清修。聽他老這一席話，我心中有許多感想。晚上，還與鄭教授去逛街，我請了一串菩提念珠及一紫檀木魚，留作紀念。

次晨早餐用過，步出大門，見唐教授也走了出來。我們信步前行，忽然雲消霧散，天朗氣新，見山巒如朵朵蓮華出現，才知當初李太白何以為山取名九華。我們又來至一旃檀寺拜佛。現今九華山共有廟寺七十八座，而我們有如蜻蜓點水，僅止於此了。

回程經安慶、蕪湖、桐城等地，一路風光明媚，景色怡人。來到安徽大學招待所，副校長等宴請我們，還請副省長張女士作陪，並展開該校「貴賓留言簿」，請我們分別為他們寫兩句，以作紀念。我是學理工科的，心裡上沒有怕「寫不好」的罣礙。所以連想都沒想，提筆就寫了下去：

安徽寶地，人傑地靈，九華山下，地藏子民。

主人慇懃，賓客歡欣，成功安大，兩岸齊心。

他們知我是佛教徒，故十分好奇，問東問西。我也好不容易，逮到了機會，在輕鬆的氣氛下，介紹了佛教，至少讓他們知道，以我一個留洋的理科博士，篤信佛教，證明佛教符合宇宙一切真理，包括科學，也證明佛教不受時空的限制，科學愈進步，愈能突顯佛法的真諦。

一九九三年於臺南

記清涼寺報恩佛七

學了二十多年佛，我不曾趕過經懺法會，僅在恩師樂果上人住世時，初一十五參加隨喜禮拜。至於佛七、禪七，更從不曾參加過。這一趟參加臺中蓮華山「護國清涼寺」的報恩精進佛七，可算得是個人修行生活的另一種體驗，又因此機緣，有幸親近該寺慧顗長老，受益匪淺。

想來也確實不可思議，我原是個好吃懶做的人，平日裡勞心不勞力，缺乏運動，也懶於運動。白天忙於教學及研究工作，吃得不多。晚上回到家來，總要飽餐一頓，甚至還少不了點心宵夜。但是，這次參加精進佛七，受了八關齋戒，前後整八天，過午不食，與我的生活習慣截然不同，此外，每天從早到晚，念佛、拜佛、繞佛，不曾間斷，稱得上激烈運動。酷熱暑天，汗流浹背，除了第一天外，通常都是凌晨三點多上殿，十點多就寢，睡眠習慣也大不相同。何況八個人睡通鋪，根本睡不安穩。這幾天竟能順利支撐過去，心中不禁暗暗稱奇。

卻說六月十七日，到達清涼寺後，我原被分配到一間擠滿歐巴桑的房間，但她們要與熟識的人同房，並不歡迎我。我只得換到另一間寢室。後來我才恍然大悟，換寢室乃是另一項佛陀對我的恩寵，因為室友中有一位替我刮痧解除痛苦的李老師，和兩位極其精進拜佛的菩薩，她們嚴格禁語，每早三點即上殿，我自然也以她們為榜樣，跟著起床，到大悲殿外拜早佛。

卻說佛七的第一天，打板後起床，即展開了七天精進的修行生活。首先要受八關齋戒，由方丈慧顗長老主持。依此以清淨身，嚴持戒律、關閉惡緣，努力精進行持。

天氣酷熱、皓日當空，多穿一件吸熱的黑色海青，不停的念佛拜佛。第三支香，我已頭痛欲裂，自知是中了暑，休息時向法韜師討了瓶濟眾水喝，卻無補於事。晚間和尚開示，他應眾要求，以臺語講解。我既聽不懂、身體又不適，只得告假匆匆離開。整日算計休息時共拜佛不及五百次。

第二天一早，才燃起第一柱香，胃部已翻騰起來，出殿外吐了兩口酸水，才能繼續念佛，此日拜佛七百五十次，已略有進步。到了第三天，我已能適應、且發心精進。三點不到，即隨兩位室友上殿拜佛。一整日拜下來，已超過一千次。而打坐時也不比前二日的昏沈瞌睡，而較能專一。坐時即念「唵阿吽」，一息念一句，自覺甚有進步。但是夜間回到寢室，右背抽痛如絞，我擔心無法再拜下去了。難道真「孽重如斯」不成？李老師自告奮勇，為我刮痧。我一向害怕這種古老的治療法，每見老爸替老媽刮痧時，總是整個背血跡斑斑，十分可怕。然此刻，也唯有抱著孤注一擲的心情，讓李老師試試了。

說也神奇，刮過痧後，只覺得整個人輕鬆多了，背也不痛了。讓我親自體會到刮痧古法之奧妙。第四天竟能從容精進禮佛。自第四天起，上、下午各有一枝快香，這時不單念佛快，繞佛時更是步履如飛。卻也真能念念相續、無有間斷，而意念集中，偷心不起。但心念至真時，淚流滿腮，許是因娑婆眾生極苦，悲願與佛感應道交。

晚上在主七和尚開示後，有跑西方一節。即是繞殿內及殿外快步飛走。道場莊嚴、殿外每個角落都有人助念。這也是增進善緣、以策勵行者，都攝六根、淨念相繼，以致心念相依、即心即佛，而臻心佛一如之境，與禪定功夫相應。正所謂：「六字洪名繫心中，聲聲喚出主人翁。」最後大迴向，求生淨土。

清晨拜佛時，我自許願道：「投身彌陀願海中，求佛慈悲哀攝受。」又以生死輪迴、流轉六趣，八識田中，不知多少骯髒、藏污納垢，隨著妄念紛飛。故我今生大慚愧、大懺悔，唯求我佛慈悲，舉大明燈、明至暗除，因緣生法性本空。這一天身體仍有許多雜七雜八的疼痛，由頭及頸，由肩及背，由腰及腿，乃至腳板，此起彼落，彷佛顯示痛苦一環，亦是緣起性空。

到第六晚，主七和尚開示道，依慣例我們需拜通宵。至少在十二點以前，不許回寮。帶著全身疼痛的身軀，勉強拜到一點半，實在熬不住，小睡至兩點五十分，再上殿拜到天亮，第一支香後，膝蓋也彎不下去，腰也挺不起來，人畢竟是血肉之軀，好幾位精進的師姊也中了暑，李老師來回忙著為人刮痧，減輕她們的痛苦，也是功德無量。但念佛打坐時，許多人都支持不住，在打瞌睡，我也不例外，不過我認為這是很自然的事。後來在佛七圓滿後閒談時，許多人認為在打佛七時，身體不適是孽障，週身疼痛是孽障，拜不了佛也是孽障，我深不以為然。佛陀的教化是理性和智慧的，為何被蒙上這麼多迷信呢？我認為，所謂孽障，是指貪、嗔、癡，是雜念妄想，是煩惱無明，是阻礙修行的惡緣。人若陷入孽障的深淵中，或不知自拔，或無法自拔，救贖無門，苦不堪言。

至於如今大六月天，艷陽高照，睡眠不足，吃得又少，勞累過度，在身體虛弱的情況下，暑毒入侵，於是容易中暑、生病，乃至全身痠痛，本是自然之極的事。正可藉此觀想這一副臭皮囊，既非百毒不侵，更不是銅牆鐵壁。無常苦空，應及早修行才是。至於拜佛次數多寡，更不是決定性的因素，只要盡心盡力就好，就像賽跑一樣，有人能跑五百，有人能跑一千。端視各人的體力及平日的鍛鍊。例如一個靠勞力為生的人，準比一個搖筆桿的教書先生，拜佛次數較多。凡事不可訴諸迷信、誤解佛教、缺乏正見。若要以訛傳訛，被教外人士抓住「佛教是迷信」的把柄，豈不罪過？

佛七圓滿日，下午三時繫念、超度亡靈，我也為我姨媽安置一蓮位，並虔誠迴向於她。望佛垂憐，接引往生。佛事前，天忽然下了一場雨，遍地清涼，忽的吹來兩陣風。三時繫念是淨土宗的發明，其中有中峰國師闡述了念佛的竅門，他比喻念佛如明珠，妄想似濁水，將明珠投入濁水中，水自澄清。由寸而尺，終能清澈。慧顗老和尚後來開示於我說：「這是教鬼魂如何念佛。」且不管是教人還是教鬼，我已對此事發生了興趣。

最後一晚，法韜師開示後，我即提出了我的看法，因為許多信眾過分執著於靈驗之事，或是佛菩薩示現。我卻以為信心堅固，不必非見西方勝境不可，我個人不求立即見佛，因為怕自己心生執著、耽於勝境，以為實有，而起憍慢心。《金剛經》有云：「若以色見我，以音聲求我，是人行邪道，不能見如來。」

佛七圓滿結束後，承慧顗老和尚慈悲，懇留於我。並承他老慈悲，領我參觀全寺，介紹該寺未來發展為大叢林的構想及規劃，不由深心讚嘆，慧老果然是大心菩薩，祈佛力加被，早日促使該叢林發展為寶島之宏法重鎮。也祈十方佛子，來此參學，研習經典，同沾法喜。

一九九三年八月《普門》167期

輯三　緬懷故人

敬悼恩師樂老上人

才提起筆來，已是肝腸寸斷，淚如泉湧。振興香港佛法，東北三老之一的天臺耆宿上樂下果老和尚，已於夏曆己未年正月初九日示寂了。噩耗千里傳來，五內俱裂，喪師之痛，苦不堪言。淚眼模糊，焚香拜倒佛前。佛像右側，慈悲師父持經趺坐，聖像莊嚴。近百高齡，神目炯炯，望之若七十許人。師父啊師父，您老固然「看破，放下，自在」，參透生死，來去如如。只是哀哀弟子，如何脫免俗情？今後慧命，有誰呵護？誰作明燈？師父啊……。

師父在日，從不曾提及過生平往事。老人家的一生，只能在他老至友倓虛大師的《影塵回憶錄》略窺其端倪，或是由追隨三老南下的東北法師口中，探聽得一些往事。

這三位令人敬重的佛門龍象，當年未出家時，便以居士身份，成立「宣講堂」，講經說法。當年的師父——陸炳南居士，便是因著講解《金剛般若波羅蜜經》，見解獨到，說理精深，而贏得「陸金剛」之雅號。不久，倓虛法師出家了，他這一班「宣講堂」的好朋友們，為了慶賀他出家，也為了正式成立大規模的佛教道場，宏揚正法。赤手經營，建立了一所叢林大廟宇，就是營口的「楞嚴寺」。由於倓虛法師道行德風之所感，緊接著，于澤圃居士和陸炳南居士都受戒出家。這便是定西法師和樂果法師。

大陸變色，三位老法師正為青年僧伽講學。他們便帶領著一群優秀的青年出家弟子離開了故鄉，住錫香港，創辦「華南學佛院」，培植僧材。以往，香港並沒有正宗的佛法，只有拜拜神，拜拜祖先的一般民間信仰。自從東北三老來港，慕道者聞風而至，皈依者絡繹不絕，由是，佛法始興。

我之親近樂老上人，是在一九六五年春。當時我還在中學讀書。由於準備會考，尋找參考書，經常留連在香港大會堂之圖書館內。那是一個週末的下午，信步來到佈告版下：「九樓北演講廳，樂果老法師，演講佛說四十二章經」的字樣映入眼簾。演講時間，正巧是週六下午三點鐘，我看看手錶，三點還差十五分，就這樣，我走進了演講廳，坐在人群中，靜候老法師的法音。

老法師緩步走進來，我隨眾起立，屏息凝視著，他老人家含著微笑，雙手合十，一步一步穩穩實實的走到講臺上。那一刻，我被攝化了，週圍的一切都彷佛不存在了。我看到的，是一位莊嚴、聖潔、充滿智慧安詳的身影，我感動得、興奮得想哭。直到座中鴉雀無聲，老和尚才開始說法：「佛言，人有二十難，貧窮布施難，豪貴學道難……」從那日起，我再也顧不得千萬學子視作「鬼門關」的會考，及千金一刻的備考時間，每逢週末，我就往大會堂的演講廳跑。

中學畢業後，我隻身赴臺升學，大學四年結束，回到香港，夾著一盒臺灣出產的銀耳，冒冒失失就撞進了「聞性精舍」。那一天，有好幾位法師及一些在家居士，正在拜懺。我一閃就側身進到老和尚的房間，往下一拜，喊了聲：「師父！」

老和尚睜開雙眼：「嗯，你來了，我正想，那孩子怎麼不來了呢？」

「師父，我上臺灣唸書去了呀！」

「嗨，這下可好了，徒弟找到師父啦！」他老人家開顏笑了，像冬日的陽光那麼溫暖。

就在那一天，大悲懺禮儀完滿結束後，上樂下果老法師給我說三皈依，賜法名道遜，我就正式成為佛門弟子了。

那兩年，我一面執教於香港伍華書院，另一面緊侍師父左右，承老人慈悲，為我演說《金剛經》、《彌陀經》、《楞嚴經》。更有幸為師父整理《金剛經釋要》及《彌陀經釋要》的手稿。

師父在臺灣埔里建立叢林大道場——佛光寺，也像昔日在營口建楞嚴寺，同樣的不可思議。神奇之感應固然不必多提。但他老人家，為法忘軀，不辭勞苦的精神，真愧煞我們後生晚輩，土地是一位張老居士捐獻的，建築費用也是師徒大眾合力籌集的。當時，曉雲法師聽說樂老法師來臺建廟，匆匆帶領一班出家人去禮座。但見簡陋茅蓬一間，木床一張，連門也沒有，那就是一位九十歲的老人住宿之所。竟感動得一時間說不出話來。又有南洋華僑巨子，聞名而至臺灣參拜。當時，工程已在進行中，只見老和尚，兩腳褲袖沾滿泥土，親自在烈日下督工，這位先生，一見慈顏，就跪倒在地，建佛光寺不足之款，他都一肩承擔下來，並拜在師父門下，成為我們的同門師兄弟。

這些年來，師父以九十多歲的高齡，仍是席不暇暖，東西奔波。不單在菲律賓、馬來西亞、臺灣與香港之間講經說法，去年又飛錫加拿大，為主持他老的學生誠祥、性空二位法師新廟之破土大典。老人所至之處，皈依者雲集，不可不算為末法時期難得盛況。誰想到師父自加返港，即示微疾，當時我心即惶惶不安，唯恐失師。數月後，竟獲師父手書稱：「今病魔已竟去了，煩惱消除，感覺身輕安、心寂淨，好似與禪定功夫相應。如佛說，性真常中，求於去來，迷悟生死，了無所得。……」誰想到，這一封信，竟成師父的絕筆。

翻閱看這六年來，師父給我的親筆信，撫摸著老人熟悉的字體，心如刀割，淚下如雨。封封信督促我精進行持，兼勉注重身體之呵護。慈悲師父竟捨我而去。剎時際無法接受這一悲痛的事實啊！師父之道業成就，固為徒兒之安慰與典範。同時，也使徒兒深感慚愧汗顏。

他老時刻叮囑的，就是讓我們勤於聞思修，而深入信解行。在末法之世，荷擔起如來家業，自度度人。數年前，老人賜書鐘鼎文對聯一副贈與徒兒，上聯為「智德是我寶」，下聯是「佛子乃人師」。實為師父殷殷之所期乎？

虔敬的翻開《金剛經釋要》之首頁，心與目同一剎時凝注在師父的偈子上：

佛與佛道同，相非相莊嚴，
法王法如是，心印心無痕。

頓時心胸忽而豁達，深信我師父必乘願再來！

一九七九年《菩提樹》317期

揮淚祭恩師

這一次回國，雖然大多的時日都留在香港，卻不敢去師父的道場——聞性精舍，那個我一度最嚮往，渴慕，恨不得整日呆留的地方。

搖了個電話過去，接電話的是雲姑，她是一位帶髮修行，兼煮飯打雜的中年婦人。她說「馬姑娘，你來吧。初一、十五我們這兒仍是像往日一樣，供佛吃齋啊！」怎麼可能還像往日一樣？我心中不禁苦笑了。正如一幢大屋倒塌了巨樑，聞性精舍的精神領袖上樂下果老法師已無聲息的離開人世了。即使法會的形式保留；與會的人物依舊，沒有老師父在，就彷彿失去了靈魂的軀殼一樣，如何能與往日相提並論呢？再說，人事全非，老人家遺物仍在。點點滴滴，不堪回首，我又何忍重臨舊地啊！

記得從前，羅太太曾告訴我們，她先生問她，為什麼沒事老往師父處跑，都幹些甚麼了。師父曾含笑對她說：「你就去告訴他，我們在師父那兒，『閒來無事喝杯茶，念佛聽經拜菩薩』。」那一種清閒，那一份自在，如今該往那裡去尋找呢？

道韋師冒著雨從西貢來看我，她知道，我多渴望聆聽師父往生前後的一切。師父生病的前因後果，她都娓娓述來。數度往返臺港之間，進進出出於醫院內外，師父的病體已無法再支撐，受盡了「病苦」這一環，他老人家終至薪盡火滅，而入涅槃。

師父的法體，停留四十九日後始火化。火光中瑞相繽紛，五位菩薩先後呈現真身。其中一位即是持楊枝淨水的白衣觀世音。這種莊嚴境界。參觀者有目共睹，齊聲讚嘆希有。想我師尊畢生修行，精進自勵，行大慈悲，始感應得如此之吉祥。更見火中佛「卍」字呈水晶色，放大光明，閃耀凡二十餘次，又見「樂果解脫壽」五個大字顯現。還有數行小字，但當時沒有人能記下小字的內容。更見耳根部位及腰部以下，呈銀色長方形體放光。膝蓋下蓮花，白色白光，大若車輪，正應《彌陀經》中所述。圍觀的四眾弟子，同獲法喜，歡欣踴躍，不再悲泣。

次日一早，一群弟子負責往拾骨灰。有人道：「老法師，您的孝順徒弟來看您啦！」言畢，已熄三昧火由胸口再度湧出，恒久始滅。由灰中拾得法骨，皆呈純白色圓滑之薄片，關節處則呈內有花紋脈路的半圓殼，形狀甚是美觀。師父的舍利，隨即運到臺灣埔里觀音山「佛光寺」——師父的大道場內，另設靈堂供養。

八月底，我到了臺灣，文化學院的大恩館內，拜見了曉雲法師。乍見之下，唏噓嘆息我們心目中敬愛的老人，已不在人世了，一時悲傷難禁，淚珠淒然又滾落了下來。曉雲師處，供了一張寬大的師父聖像，持經趺坐，雙目炯炯，栩栩如生，雲師道：「這不過是兩年前，他老在菲律賓所照的相，你看他兩眼多有神，他老實在應該還可以住世一段日子的啊！」

到臺中的那天，是八月二十四日。我心裡想著：「師父啊，不孝徒兒要來還願了。」

「菩提樹雜誌社」發行人朱斐居士，是位令人敬重的長者。雖然素未謀面，且不曾預約，我就這樣子唐突的撞上了門，他夫妻不但一點也不驚訝，卻是那麼隨和自然的接待我，如同對待自己家人一樣，真令我心中深受感動。

且說那天一早到臺中後，我就把行李丟在朱居士家中，自己逕自去中興大學，會晤化學系系主任何武雄教授。辦過事回到朱家吃飯。我又要去佛光寺拜祭師父的靈位。那時，臺灣正因颱風影響，下著滂沱大雨。朱居士夫妻好意挽留我，勸我別冒著大雨去，恐怕山路危險。又先去電話佛光寺，道忠師也認為天雨路滑，上山不便，都勸我在臺中一宿，次日上山。

一則我因時間關係，不能久留。二則天氣殊難逆料，明日再下大雨又如何？況且，我特地到此，拜佛祭師，愈艱辛愈顯出我意誠。觀世音菩薩和師父必會護佑於我。故執意上路。

到埔里時，傾盆大雨，煙霧迷茫。且有兩處，洪流橫路湧過，車子必須划駛過水流，我僱了一部計程車上山，山路十分艱險，流沙危石，已被大雨沖潰的路面，緊張萬狀。我心中默念菩薩威名及師父：「君子不立於危牆之下，弟子豈好涉風險之輩，但一心禮佛祭師，以盡弟子孝心，故不敢畏辭勞苦，冒雨來此。求菩薩顯靈，早息風雨，方便弟子，上山祭師。」念畢，風雨果真收斂了不少。但山路仍崎嶇難行。我一方面叮囑司機，請他格外小心，慢慢駕駛，我會加他的小費，另一面則心中念佛不止。

上得山來，睹見佛光寺全貌。外觀莊嚴清淨，幽雅素潔，四面翠峰環繞。上了數十級石階，雙手推門逕入大悲殿，頂禮大威德千手千眼觀世音菩薩。這一尊丈餘金身，是當日親見我師父僱巧匠塑造的。師父圓寂以前，這一尊菩薩曾三度放光，這次重拜金身，悲欣交集。

一時找不到師父的靈堂，不得已叩門請問。住持師父驚訝的見我傻兮兮的，衝風冒雨而來，忙領我去師父靈前祭拜。才見到堂上供著的師父靈位，一剎時師父慈祥音容浮現心際，悲淚失聲，揮不盡的眼淚，彷佛要與雨水競先流下。道忠師慈悲，勸我不如留宿山上，等放晴後再走不遲。但我心願已逞，即揮手道別，坐原車下山。第二天一早，已約好去聽蔣伯伯友文教授夫婦唱京戲，所以當晚還須趕回臺北去。

值得一提的，是回到香港後，好友周惠娟來看我，她也是師父的皈依弟子，我們單獨在一起時，我還沒開口，她便說道：「我昨夜夢見師父了。他老穿著白衣白袍，身放白光。我心裡嘀咕著：『平日師父總是穿黃袍的，為什麼今天穿白袍呢！』夢開始是這樣的，你約我去看師父，天下著滂沱大雨。有人說：『別去啦，雨下得太大了。』當時，你不顧一切的去了。我卻猶豫了一陣子。有人說：『惠娟，馬遜是老法師的弟子，你去幹什麼呀？』我就想：『我也是師父的弟子呀。』所以我也跟了上去，遠遠見你上了許多石級，推門進去，我到時，就是師父穿著白衣袍，坐在中間。神采飛揚，紅光滿面，很歡喜的樣子。你坐在師父旁邊，也是笑嘻嘻的。見我進來，你就說：『惠娟，你也來了。』師父看著我，就向我說了一句話：『惠娟，做甚麼事都不要做得太盡，要留！』而後我就醒了。』

聽了她這番話，我清楚的知道，確實是師父託夢於她，不覺再度以淚洗面。惠娟不曾到過臺灣埔里佛光寺，而我也還來不及講述拜祭師父靈位的事，她夢中的境界，卻恰似當日情景。而師父對她說的那句教誨，正適合惠娟不過。惠娟親近師父的日子不多，卻感得師父入夢。且在夢中教誨提示，也正是因為她的宿慧。望她見此文，勿忘師父此訓，才終生受益不盡啊！

一九七九年《菩提樹》324期

與廣洽老和尚一段法緣

廣洽老和尚已經圓寂一年整了，思想起來，有幾分懷念，幾分遺憾和悵然。曾經計劃旅歐時，繞道新加坡，再訪薝蔔院，拜見老和尚的心願，從此不可能再實現了。

認識老和尚，是透過豐子愷先生的女公子豐陳寶及豐一吟阿姨，她們原是家母孫淡寧先生之莫逆交。二位豐阿姨曾在老和尚前一再提到我，因此我在一九八七年訪問德國丹斯泰工業大學，回國途中在新加坡停駐一宿，並造訪了薝蔔院。

初見老和尚，只覺他老個子矮小，許是年歲已高故。看來倒像一位慈祥的老祖母，這是我當時的感受，希望不致對老和尚不敬。客廳掛有弘一大師年輕時照片和墨寶。老人家吩咐煮麵，並拿出一尊佛像，一再告訴我：「這是古董、古董啊，送給你！」他老一口濃濃的福建口音，頗難聽得懂，但那關愛的眼神，慇懃垂問，令初來禮座的我，一見難忘。

第二天一早，我在旅館還未用早餐，老和尚已親自攜帶一鍋香噴噴的粥，顫顫抖抖來與我食用。雖然我已告訴過他，旅館負責早餐，而他老卻堅持，西式早餐不好吃，才準備了中式早餐帶給我。真不知這輩子，有幾個人如此寵愛於我，這一份深情，叫我如何報答？

次年，老和尚來到臺灣，我聞訊趕去。老和尚送給我許多新加坡出產的藥油。當日來了中國佛教會許多位大法師，勸請老人家去用素筵，他老堅持不肯，卻要我留下來，陪他談談。記得那天下午，來了許多居士，陪老和尚參觀故宮博物院。我見那麼多人，前呼後擁，爭相侍候著老和尚，便擬告辭。那時老和尚已上了轎車，見我即將離去，顯得十分著急，一直揮手叫我別走。居士們說：「這位居士，師父難得來，他想您同去，您就陪陪他嘛。」這麼一說，倒令我不好意思，我原是想多陪陪老人家的。

車來到故宮門口，老和尚步出車外，見我仍隨後而來，顯得好高興，那神情我永遠也不會忘懷。他老牽著我的手，慢步徐行，好像慈父帶著小孩走，邊看邊對我說：「我今年已經八十八歲了。」也許是與老和尚緣深，在我心目中，總覺得他老是一位最慈悲的出家人。

豐子愷先生，是老和尚方外至交。豐畫在新加坡展出，全是老人家策劃安排。為此，一吟阿姨特地飛往新加坡。當時老和尚即以「電報」囑我快快來星，我以教學繁忙，無法暫離，故不能參與盛會。後來接老人手書，頗感失望，則心內甚感不安慚愧，如今更是後悔莫及了。

又一次，德國友人布朗來臺，在我家看到蒼蔔院所印的《豐子愷精品集》愛不釋手。問我何處可以買到。我笑道：「此是非賣品，唯有新加坡廣洽老法師處，可以至誠求得。」誰想他卻真的抄下地址，竟在回德途中，特地拜訪老和尚，承老人慈悲，即出書相贈，還熱烈招待。

老和尚圓寂後不久，大陸豐子愷研究會副會長，亦今名竹刻家葉瑜蓀居士曾撰文紀念：「佛門此日傾一柱，苦海從茲失導師——一代高僧廣洽法師圓寂。」並詳細記載圓寂經過。去年三月二日為荼毗日，從骨灰中取得色彩繽紛之舍利百餘顆及一大片舍利花。分作三份，分別安置於新加坡普覺寺、廈門南普陀寺，和泉州弘一大師紀念塔內。足見老和尚一生行持深密，道高德隆。

老和尚與我交淺緣深，實因他老重視讀書人之故。每當他老介紹我時，即一再說：「她是德國博士，不容易的啦！」老和尚一生交遊廣闊，由新加坡書法家潘受老先生的輓聯即可印證：「文教仰高風，一生道廣能周洽，交遊多大德，萬法緣空證本來。」

今老和尚圓寂週年，特撰此文，以茲追憶！

敬悼摯友李偉平修女

偉平，你走了，走得那麼匆忙，走得那麼突然，令人難以置信，令人黯然神傷，一月十二日的蘭州深夜裡，無情的車禍，奪走了你的生命。作為好友的我，情何以堪。今天我又來到新竹，當年參加你發終身願的教堂。那一天的你，彷佛是待嫁的新娘，如今面對的僅是一張遺像，不敢看，不敢想，心痛你，好悲傷！

在那本《李偉平修女　安息彌撒》的小冊子裏，僅記載著這樣：

李偉平修女，廣東省梅縣人，

一九四八年十月廿七日：出生於印尼。

一九七八年：入聖神婢女傳教會。

一九八一年：發初願。

一九八七年：發終身願。
一九九二年：任聖神婢女傳教會中華省會會長。
一九九四年一月十三日：蒙主恩召，於甘肅蘭州，享年四十六歲。

就是這麼的簡單。從你出生後就跳到你入會，前半生的三十年，竟一字未提，是沒有人知道？還是不要講？

北大路的主教座堂內，黑壓壓坐滿了人，由主教主祭的追思彌撒，莊嚴又隆重。聖神婢女會全體修女都充當了你的家屬。在眾多同修、同事、朋友與學生的心目中，你，也許永遠都是現在的李修女，一襲深藍色的袍服，胸前掛著個大十字架。圓圓的臉上，架著一副眼鏡，帶著真純而開朗的笑容。在我的腦海裡，卻閃現出你的少年、青年時鮮活的模樣。我倆相識相交三十餘年，可稱為「丫角交」吧！往日的歡笑，還歷歷在目，而今，你卻靜悄悄的離開了這個世間。從此以後，再也看不到那張熟悉、熱誠的笑臉，再也聽不到你那幽默而調皮的廣東腔。世事無常，令人感嘆！偉平，活著的，是否應該更加惜緣惜福呢！

還記得，我們最早相識，是在香港真光中學，那是所基督教女中，我們在中一還是中二曾經同過班，由於我的個性外向，朋友多，當時並未與你深交。中三那年，我轉進金文泰中學，那是全港最好的中文中學。就在中學會考後，我繼續就讀原校的大學預科，卻駭然發現你也轉至金文泰，就坐在我身後。那一年，我們交往較深，我常轉過身與你和羅玉明談話。你表面上雖然斯文安靜，而實際上，聰慧而調皮，喜歡開玩笑。

我們當時都有意到臺灣讀大學，於是，相攜參加了臺灣政府在香港舉辦的聯考。一九六六年，你進了輔大化學，而我亦考上臺大化工。

那一夜，我們坐上安慶輪，兩個黃毛丫頭，帶著期待與興奮，選擇了自己的路，初次離家來到臺灣。那四年，不是你來臺大，就是我去輔仁。我們雖然不是經常黏在一起，而且漸漸的，又發展了自己的社交圈。但是，過不了一段日子，就會想起對方，相約聚聚談談。你是在印尼出生的；喜歡吃咖哩雞、沙爹等食物。西門町的小吃店也留下我倆的足跡。記得有一次，我們避開了女生宿舍的修女舍監，到你房裏玩，還住了一夜。我們在一起，總是笑聲不斷。

後來，我到德國留學，就失去了你的音訊。有一天，住在德國埃森的呂鑫告訴我，她在美國認識了你，當時你已拿到洛德島大學(University of Rhode Island)化學博士，而且已經入修會，準備做修女，後來，我又聽說你回到了臺灣，在輔仁大學化學系，也就是你的母校，擔任教職。

回臺後，我執教於成大。我倆第一次重逢，是在臺大改聯考的試卷。我們久別後重聚的歡喜，似乎也感染了在場的朋友。我們有說不完的話題，幾乎忘了改考卷。因為你的收入要繳交修會，所以我還開玩笑說：「乾脆替我改好了，這樣我可以多賺些錢。」中午，我們到羅斯福路去吃披薩，後來又去吃冰，我們彷彿又回到了學生時代，尤其是你，快活得像個孩子。於是，我提議說，為了慶祝我們重逢，去「好朋友攝影社」，拍照留念。現在，這一幀照片，就放在我的案前，只有作為我倆相交一場的明證了。

自從那年後，我們也見過幾次面，我也去輔大宿舍住過。宿舍的修女舍監，是一位來自慕尼黑的老年人。聽說她在大陸輔大就擔任舍監，很多年沒有回德國了，那位德國修女十分熱情，聽說我去，特別親自洗洗抹抹，將房間收拾得好乾淨。你雖然當了修女，調皮個性不改，我在房間換上了短褲，你卻招手喊那位德國修女來，害得我十分尷尬，而你卻作狹的眨眨眼，一副無辜的模樣。

每年你都會寄聖誕卡，一九八七年，你的母親重病，你臺灣、美國兩邊跑，心力交瘁。你寫著「……現在因著媽媽生病，發現自己也不過是一個不堪一擊的丫頭，前兩個星期收到媽媽的一封短信，令我喜極而泣……」你的母親終於過世了。而九一年和九二年間，你的姊夫和姊姊，相繼離世，卻留下三個小孩，需要你間中照顧。九二年你給我的聖誕卡上寫著「……

我在過去的半年流了不少汗。……」接二連三遭受到親人過世的打擊，而你仍然樂觀、開朗、親切和熱情，一如往常。你幽默的把「淚」寫成「汗」，是為了沖淡你的哀傷？

你的一生平淡無奇，然而，你是學生心目中的好教授，同事心中的好朋友，教會的好修女，仔細想來，你沒有驕、沒有貪、沒有嗔、沒有妒、沒有自私。你在那裏，只會帶給別人快樂和歡笑。你的聖名是Pacis，那是「和平」的意思，而你的真、善、美，卻真實的印證了你的名字，確是「偉」大的「平」凡。

在輔大化學系，你進行的研究是「空氣污染」，需要使用高性能的氣相層析質譜儀，你把試樣寄到臺南貴儀中心，還特別打電話來，叮囑我，樣品容易揮發，必須盡快測量。有一次，你的樣品在清大等待測量時，便完全被揮發掉，那是你努力實驗所得的結果，所以你難過得哭了一場。

你研究環境的污染，你重視人心被污染。你並不說教，但是，你的生活言行，就是一種身教榜樣。

這次在蘭州，連同其他神父、修女，五人皆遭遇不幸。你的臨終遺言，願葬身蘭州，所以遺體並未運回臺灣。偉平，你想表達的是什麼呢？你熱愛那裡的人，你不捨棄那個地方，雖然那裏貧窮落後，還缺乏宗教自由，也希望天主教會繼續到大陸傳教。有一陣子，港劇「楚留香」紅遍臺灣。你和其他修女，都喜歡看「楚留香」。你還教外國修女，用廣東話唱楚留香的主題曲，如今，你走了，就像楚留香裏主題曲：「千山我獨行，不必相送。」

偉平，安息吧，你的生命雖然短暫，然而，你一生無疵無瑕，純真善良，光明磊落，無愧天人，將永遠留給親友回憶中，如天使般的聖潔形象。

一九九四年二月於臺南

難忘的羅朵夫老太太

記得有一年，陳豫告訴我，她的同事班納德太太，想替她母親羅朵夫老太太找個女學生作伴，我便有些心動。因為當時，我住的地方實在離學校太遠，尤其在冰天雪地的嚴冬，往返費時兩個鐘頭，腳上都生了凍瘡。另外，當時的房東麻嬸太太有潔癖，經常藉故溜進我房間，衣櫃上、床鋪底下亂摸，嘴裡嘀嘀咕咕，令人受不了，早有搬遷之意。但是，當我聽說這位老太太，芳齡已八十有二，心裡就不覺有些毛毛的。正巧陳仲齡在找房子，就把這個機會轉讓與他。

半年後，仲齡移民加拿大，極力向我推薦他的房間。坐在那一間不到三坪的斗室裡，只見一位滿臉漾溢溫暖慈祥的老人，笑咪咪的給我們泡咖啡，遞水果。她穿著的整潔大方，令人看著舒服，一副紅光滿面、精神飽滿的模樣，壓根兒也沒有一絲龍鍾老態，頂多只看得出六十多歲。

人結人緣，這位老太太，實在令我「一見鍾情，再見傾心」。恨不得馬上趕走仲齡，搬了進來。

羅老太太這幢樓房，是五樓公寓的第四層，位於阿亨古都的中心，左轉彎是赫赫聲威、名震一時的查里曼大帝所督建的大教堂，右轉角是一座清幽的修道院，一百多年前曾出過一位聖女。正對面是蓋莉生公園。黃昏時刻，憑窗眺望，萬鳥歸巢，蔚成奇觀。房屋是她老太婆四女婿的產業。羅老太太，只能算是二房東。我是她唯一的房客。一百馬克的月租，包括水、電、煤氣，外帶點心水果，所以，這項生意，她是穩賠不賺。後來，我申請到一份優厚的獎學金，才自動提高二十馬克的租金。

每天傍晚，從學校回來，就感覺到她的歡喜。口裡哼著不知名的小調：「馬小姐，想喝杯咖啡嗎？」

「好的，羅朵夫太太。」我總是那麼應著。

有時，我趕論文，或是做功課，而她一個不小心推開我的房門，就會「哦」的一聲，用食指按緊嘴唇，躡手躡足掩門離去。這位老太太，從不嘮叨。只要她發現你對她的話題，表現出一些些心不在焉的樣子，她便會馬上適時中止她的談話。真是位心細如塵而又識趣的老人。

羅朵夫老太太的丈夫，早在十餘年前過世了。四個女兒都有自己的家庭，甚至三個外孫，年紀也都不小了。雖然他們不住在老太太的身邊，卻像眾星拱月般熱愛著這位老人。羅老太太永遠是他們的生活重心。她也必須同時分享他們的快樂，承擔他們的煩憂。

老太太每週的節目也是固定的，星期天循例是在二女兒家，也就是班納德太太那兒渡過的。星期二是陪老姊姊喝下午茶。是的，她的老姊姊比她還要大四歲，只是，她姊姊的頭髮、牙齒、五臟內臟，大多不是真的，看來要比羅老太太衰老許多。至於星期三晚上，她必定穿戴得高貴亮麗，等待女兒們接她去欣賞歌劇。每週星期四，她則在三女兒家作客，而星期五的節目，則固定由四女兒安排。此外，外孫兒女們川流不息，阿媽（德國人叫祖母），阿媽喊個不停。大女兒嫁到英國，大外孫遠在美國休士敦，卻也都電話不斷。

黃昏，八點一到，老太太和我排排坐，同看電視新聞。如果新聞後，放映的是「偵探片」，我也會奉陪到底。這時，她便會找出些吃的東西，和我共享。

「偵探片」是她老太婆和我的共同嗜好。有一次，正當劇情發展得撲朔迷離，緊張刺激之際，門鈴響了。狐群狗黨駕到：「快下來，你家門口好難泊車，我們坐在車上等你。」不由分說，約會已成定局，既捨不得那懸疑重重，結局尚未明朗化的影劇，又感到對不起臉上分明寫著「失望」的羅老太。我蹲下身來，用極溫柔的聲音對她說：「好精采的影片啊！到現在還不知道兇手是誰呢。羅朵夫太太，麻煩您仔細的看，等我回來後，要請您把結局講給我聽啊！」

和朋友們逛過夜街回來，喝過幾杯啤酒後，腦子裡再已記不得什麼偵探片了。才進門，羅老太太已迫不及待的把往後的情節發展，一絲不漏的向我報告。令我驚訝的是，那麼錯綜複雜、離奇曲折的劇情，她居然記得一清二楚。誰相信，記憶必須隨著年齡退化呢！

一年一度的嘉年華會，是萊茵區德國人狂歡的日子。羅老太太也夾雜在成千上萬的人群中，和陌生人手挽手，臂併臂的唱著、跳著，幾個鐘頭的狂歌熱舞，她老太婆絕沒有感到體力不支的情況。晚上，還要隨女兒女婿去參加化裝舞會呢。

有一年暑假，她去意大利度假，離去的那天，家裡便來了賊。卻說那日清晨，她老太婆還笑咪咪的吻著我的臉頰道別。黃昏後，我自研究所回來，卻發現門上插了把鑰匙。推門進去，箱已翻，櫃已倒，顯然已有樑上君子光顧。我趕忙打電話去警局報案，卻還神經兮兮的，期待著光頭探長的出現。

這次失竊，保險公司不肯賠，因為過錯在於我們自己。羅老太太把鑰匙擱在門外伸手即可拿到的電錶上，怪不得竊賊來得這麼自如。

為什麼她會這樣做呢？因為她有兩次忘記帶鑰匙，把自己鎖在門外，欲進無門的慘痛經驗。

有一次還是母親節，她穿了件睡袍，上樓去拿東西。結果風把門帶關了。她站在門口，進退兩難。屋內電話鈴響個不停，她急得放聲大哭起來。半晌，才摸下樓去，躲在門後，叫來一位好心腸的先生，替她去找鎖匙匠。在德國，星期天是不營業的，這種額外的服務，自然酬金也特別高。

另一次她和外孫去聽音樂會回來，才發現屋裡沒人，身上卻忘了攜帶鑰匙。是她外孫用蠻力把門撞破的。當然，修理費也花了不少錢。

有了這兩次的意外事故，她老太婆才想出把鑰匙放在電錶上的「妙計」。

跟羅老太太同住，是極為愉快的。因為她永遠是精神抖擻、笑口常開，令人自然生歡喜心。她的穿著時髦講究，淡淡的化點妝，清新高雅。雖然，美貌會隨著青春消逝。但是，成熟端莊的氣質似乎與年齡成正比，而歷練與智慧在老人的臉上表達出來，更令人景仰！

在我獲取學位的那段日子，老太太的女兒們安排她去英國度假。通過博士口試後，我便忙著辦理手續、收拾行囊，準備回國了。羅朵夫老太太和我朝夕相處，彼此照顧，有如一家人。她的女兒怕她過度傷心，忍受不了別離之苦，才故意把她支開。我走時，也無法和她當面道別。

回國後頭一、兩年，還常收到她寄來的信。她寫的是老式的德文字體，我幾乎是半看半猜，也看不太懂整封信的內容。算來，老太太今年大概有九十歲了，她還像往日那麼健朗嗎？抑或已經離開了這個世間。無論如何，我在德國求學的八年歲月裡，她所佔有的份量是相當重的，回憶中，我忘不了她溫暖的微笑！

一九八五年三月十七日《中華日報》

附錄

借花獻佛

——認識新任校長馬遜教授

華梵新任校長馬遜教授於民國八十四年六月末至七月中，經過三週嚴格的閉關考驗後，正式肩負起華梵創辦人上曉下雲法師所揭示「覺之教育」的重任。

許多人從肉眼「假有、虛無」中走來，要參透華梵創辦人曉雲法師提示的「真空妙有」、「無相空有」，行證實踐空有相融，乃至於「言語道斷，心行處滅」，談何容易。若說興啟般若妙智、悲願渡世的菩薩心，則需要攝心為戒，因戒生定，以定發慧之「戒」、「定」、「慧」三無漏學的功夫了。

華梵校長馬遜教授學佛皈依的心路歷程也許和許多人一樣，所不同的是今天她懷著一顆全然投入「教學、研究、服務」，勞我身心，無怨無悔的心，來到了華梵。佛說：「我不入地獄，誰入地獄?」馬校長說：「到處荊棘，到處可生蓮花。」佛陀上山是為下山。上山(出世)是智慧，是「體」，是蓄養修持的工夫；下山（入世）是慈悲，是「用」，是濟世渡眾的實踐。佛法不出人間世；教育不離世間人。佛陀以出世的精神經營入世的事業，正是馬校長發心學習的楷模。華梵創辦人曉雲法師時時關心佛教教育所需要的人才，除了研修經藏、領眾行門以外，更強調專業學術素養。所謂：「無學術不能明宗教之理。」已彰顯從事教育，實有賴「體」「用」兼具，互為表裡，兩者不可偏廢。因此，以下將簡單介紹馬校長之學術生涯。

她是德國阿亨工業大學理科博士。學成歸國後，任教於成大化學系所。其間曾再度赴德國丹斯泰大學研究。在成大期間歷任成大教務處學術服務組主任、國科會南部貴重儀器中心主任、精密儀器中心南部維修站負責人、中國化學年會總幹事、中研院核磁共振所新知研討會籌備委員。此外，她曾於八十三年冬，率團護持「蓮華學佛園」及「華梵佛學研究所」八十幅精品巨作，赴大陸長沙岳麓山「麓山寺」，與博明法師合辦第二十屆「清涼藝展」，圓滿達成以藝宣佛之目的。

其實，就一般大學而言，不必另立任何文字，僅此一履歷，就足夠讓大家對馬校長有相當程度的認識。

然而，這是一所「悲智雙運」為導向的大學，為落實此一宗教觀，以下將分兩個層次特寫馬校長另一風貌。

回首向來蕭瑟處

馬校長的父親馬兆禎先生是東吳大學化學學士及政治大學政治學學士，是一厚道的學者。母親孫淡寧女士系出復旦大學新聞系，擔任香港《明報》編輯多年，以「農婦」為筆名，是香港名作家及青年導師。

馬校長是姨媽一手帶大的。大陸變色時，她與姨媽留在長沙，兩人相依為命達十一年之久。其間歷經思親、貧困等苦難，都咬著牙熬過來了。值得一提的是，馬校長的外婆家歷代仕宦，姨媽精通古籍，馬校長在姨媽的呵護與調教下，孕育了中國古典文學詩詞歌賦美學的素養，更醉心於傳記史書。九歲開始閱讀《三國演義》，以後所讀的《水滸》、《隋唐演義》強化了她的民族意識與愛國情操。

十一歲那一年，她們離開大陸，在香港與父母相會。當時不懂廣東話，英文從ABC學起。一年後，她獲得全班「英文第一」的獎項。廣東話也琅琅上口。但她自知英文根基不夠，於是發奮苦讀英文，每天寫英文日記，閱讀英國文學叢書，如：*Pride and Prejudice, Jane Eyre, Emma, Wuthering Heights, The Tale of Two Cities, David Copperfield, The Great Expectation, The*

*Mill on the Floss, Vanity Fair, Round the World in Eighty days, Ivanhoe, Gullivan's Travels, Robinson Crusoe, Cry, the Beloved Country, Animal farm*以及由法文譯成英文的*Les Miserable*和俄文譯成英文的*Crime and Punishment*等。從此練就了一身刻苦耐勞的毅力、把握時間、勤學向上的人生觀。由此可見，她在大學畢業後，考取香港英文中學執教英文的教師資格，並非偶然之事。

馬校長就讀臺大化工系時，便著手準備留學事宜。在學校擔任德語社社長，積極訓練德語能力。馬校長曾在國際學術研究交流時，多次擔任英語、德語即席翻譯。

馬校長初到德國時，經濟拮据，一度以譯稿、打工維生。攻讀博士學位時，獲得「德國萊因河西威斯發倫青年科學後起之秀」獎學金，她是唯一獲得此項殊榮的外國人。八年的留德生涯，讓她習得了德國人嚴謹認真的民族性。講原則、重效率、實事求是的精神，成為她日後處事、治學、教學的圭臬。

馬校長對於姨媽的養育之恩，念茲在茲不敢或忘。在學成歸國任教成大那一年，便赴港把姨媽接到臺南家中，她立誓要給姨媽一個安樂的晚年。此後，她內外忙碌，除了個人的學術研究與指導學生外，並積極參與校務。對於行動不便、體弱多病、長年氣喘水腫的姨媽，侍奉至孝，晨昏定省不敢稍歇。七十四年姨媽過世時，馬校長為無子女的姨媽披麻戴孝。印度詩人泰戈爾有詩云：「花由一種子，中經無限苦；雨打與風吹，始成一朵花。」對於馬校長在教務繁忙之中，猶不忘反哺，事姨媽如生母，不啻為學佛者「佛在自心，佛在自家」最佳寫照。

山頭斜照卻相迎

馬校長與佛的淵源當溯自民國五十九年，在中研院化學所跟隨魏嵒壽教授做研究時，開始接觸《弘一大師傳》、《印光大師菁華錄》、《金剛經》。是年冬，於香港皈依東北三老之一的天臺宗耆宿上樂下果老法師，同時於九龍「聞性精舍」與華梵創辦人曉雲法師結緣。因此，濡染佛陀無我、助人、悲天憫人的胸懷。留德期間，與創辦人書信往返頻仍，蒙多所教誨提攜。創辦人於六十八年訪歐宣揚佛法時，馬校長也隨侍在側，協助推動佛教文化在歐陸播種的工作。創辦人舉手投足，語、默、動、靜之間，流露出教育家與宗教家的本色，開始了馬校長今日義無反顧奉獻佛家教育的信念。

馬校長在成大服務十五年，作育英才無數。在校期間，不論課內或課外，師生互動，經常保持融洽無比亦師亦友的關係。如此，不但有助於知識的授受，更易於感格人心，淨化思想。在華梵，她仍會力行此一親和、方便的法門——「生活即教育」的教育觀。只是，今後，她再也沒有多餘的時間研究她的化學了，前程，只有一項「心」的工程等著她去完成。

專攻化學的馬校長文學造詣極高，一手雋秀的毛筆字，案牘文章鮮少假手於人。其質性簡素樸實，為人平易謙和，平日說話音調輕柔。她的指導教授德國阿亨工科大學科技顧問 Dr. J. Fleischhauer教授，除推崇她傑出的學術研究成果外，還特別讚揚她友善平衡的性格。在華梵校長秘書室工作一個半月的一位本校機械系畢業生也直說：「校長好謙虛、好客氣。」

馬校長律己甚嚴。自幼即受儒學的薰陶：志於道，據於德，依於仁，游於藝。今後，其治校方向除依循前賢制訂的規模外，為建立深度的倫理校園文化，以落實「覺」之教育，特別重視學生品德的薰修；為培育學生全方位的「全人」教育，特別加強國際學術交流；為融合佛陀之悲智思想及儒家之倫理道德為創校理念，積極規劃人文科技學系的均衡發展，早日促成以人文為導向的精緻大學，實踐「人文與科技融匯，智慧與慈悲相生」之目標。

佛家有言：「一花一世界，一葉一如來。」馬校長的動心忍性，已昭然若揭，大家當可了然於心。

西諺有云："You are what you eat." 由廣角度來解讀這句諺語，我們會更謙卑、更寬容。佛性人人本具，亦人人所難；人人是佛，而人人求佛。馬校長亦不例外，而今，毅然走向正在成長中的華梵路，或許是她尋求「如心自在」最艱辛也是最便捷的路子。

宏觀孟子所言：「惟仁者，能以大事小；惟智者，能以小事大。」且不談「佛」的世界，無智、愚、小、大之別，今後，你我無論仁、智、小、大，願我們全校師生以一顆充滿法喜的心，攜手共同灌育華梵之花，以期眾學（佛）子，日日拈花微笑。

民國八十四年十二月三日

吳玉蓮

三民叢刊書目

①邁向已開發國家　孫　震著
②經濟發展啟示錄　于宗先著
③中國文學講話　王更生著
④紅樓夢新解　潘重規著
⑤紅樓夢新辨　潘重規著
⑥自由與權威　周陽山著
⑦勇往直前
・傳播經營札記　石永貴著
⑧細微的一炷香　劉紹銘著
⑨文與情　琦　君著
⑩在我們的時代　周志文著
⑪中央社的故事（上）
・民國二十一年至六十一年　周培敬著
⑫中央社的故事（下）
・民國二十一年至六十一年　周培敬著
⑬梭羅與中國　陳長房著
⑭時代邊緣之聲　龔鵬程著
⑮紅學六十年　潘重規著
⑯解咒與立法　勞思光著
⑰對不起，借過一下　水　晶著
⑱解體分裂的年代　楊　渡著
⑲德國在那裏？（政治、經濟）
・聯邦德國四十年　郭恆鈺　許琳菲等著
⑳德國在那裏？（文化、統一）
・聯邦德國四十年　郭恆鈺　許琳菲等著
㉑浮生九四
・雪林回憶錄　蘇雪林著
㉒海天集　莊信正著
㉓日本式心靈
・文化與社會散論　李永熾著
㉔臺灣文學風貌　李瑞騰著
㉕干儛集　黃翰荻著

㉖作家與作品　謝冰瑩著
㉗冰瑩書信　謝冰瑩著
㉘冰瑩遊記　謝冰瑩著
㉙冰瑩憶往　謝冰瑩著
㉚冰瑩懷舊　謝冰瑩著
㉛與世界文壇對話　鄭樹森著
㉜捉狂下的興嘆　南方朔著
㉝猶記風吹水上鱗
・錢穆與現代中國學術　余英時著
㉞形象與言語
・西方現代藝術評論文集　李明明著
㉟紅學論集　潘重規著
㊱憂鬱與狂熱　孫瑋芒著
㊲黃昏過客　沙　究著
㊳帶詩蹺課去　徐望雲著
㊴走出銅像國　龔鵬程著
㊵伴我半世紀的那把琴　鄧昌國著
㊶深層思考與思考深層
・轉型期國際政治的觀察　劉必榮著
㊷瞬　間　周志文著
㊸兩岸迷宮遊戲　楊　渡著
㊹德國問題與歐洲秩序　彭滂沱著
㊺文學關懷　李瑞騰著
㊻未能忘情　劉紹銘著
㊼發展路上艱難多　孫　震著
㊽胡適叢論　周質平著
㊾水與水神
・中國的民俗與人文　王孝廉著
㊿由英雄的人到人的泯滅
・法國當代文學論集　金恆杰著
51重商主義的窘境　賴建誠著
52中國文化與現代變遷　余英時著
53橡溪雜拾　思　果著
54統一後的德國　郭恆鈺主編
55愛廬談文學　黃永武著
56南十字星座　呂大明著
57重疊的足跡　韓　秀著
58書鄉長短調　黃碧端著
59愛情・仇恨・政治
・漢姆雷特專論及其他　朱立民著

⑥⓪蝴蝶球傳奇　顏匯增著
・真實與虛構
⑥①文化啓示錄　南方朔著
⑥②日本這個國家　章陸著
⑥③在沉寂與鼎沸之間　黃碧端著
⑥④民主與兩岸動向　余英時著
⑥⑤靈魂的按摩　劉紹銘著
⑥⑥迎向眾聲　向陽著
・八〇年代臺灣文化情境觀察
⑥⑦蛻變中的臺灣經濟　于宗先著
⑥⑧從現代到當代　鄭樹森著
⑥⑨嚴肅的遊戲　楊錦郁著
・當代文藝訪談錄
⑦⓪甜鹹酸梅　向明著
⑦①楓香　黃國彬著
⑦②日本深層　齊濤著
⑦③美麗的負荷　封德屏著
⑦④現代文明的隱者　周陽山著
⑦⑤煙火與噴泉　白靈著

⑦⑥七十浮跡　項退結著
・生活體驗與思考
⑦⑦永恆的彩虹　小民著
⑦⑧情繫一環　梁錫華著
⑦⑨遠山一抹　思果著
⑧⓪尋找希望的星空　呂大明著
⑧①領養一株雲杉　黃文範著
⑧②浮世情懷　劉安諾著
⑧③天涯長青　趙淑俠著
⑧④文學札記　黃國彬著
⑧⑤訪草（第一卷）　陳冠學著
⑧⑥藍色的斷想　陳冠學著
・孤獨者隨想錄
⑧⑦追不回的永恆　彭歌著
A・B・C全卷
⑧⑧紫水晶戒指　小民著
⑧⑨心路的嬉逐　劉延湘著
⑨⓪情書外一章　韓秀著
⑨①情到深處　簡宛著
⑨②父女對話　陳冠學著

93 陳冲前傳　嚴歌苓著
94 面壁笑人類　祖　慰著
95 不老的詩心　夏鐵肩著
96 雲霧之國　合山　究著
97 北京城不是一天造成的　喜　樂著
98 兩城憶往　楊孔鑫著
99 詩情與俠骨　莊　因著
100 文化脈動　張　錯著
101 桑樹下　繆天華著
102 牛頓來訪　石家興著
103 深情回眸　鮑曉暉著
104 新詩補給站　渡　也著
105 鳳凰遊　李元洛著
106 文學人語　高大鵬著
107 養狗政治學　鄭赤琰著
108 烟　塵　姜　穆著
109 河　宴　鍾怡雯著
110 滬上春秋　章念馳著
111 愛廬談心事　黃永武著
112 吹不散的人影　高大鵬著
113 草鞋權貴　嚴歌苓著
114 是我們改變了世界　張　放著
115 夢裡有隻小小船　夏小舟著
116 狂歡與破碎　林幸謙著
117 哲學思考漫步　劉述先著
118 說涼　水　晶著
119 紅樓鐘聲　王熙元著
120 寒冬聽天方夜譚　保　真著
121 儒林新誌　周質平著
122 流水無歸程　白　樺著
123 偷窺天國　劉紹銘著
124 倒淌河　嚴歌苓著
125 尋覓畫家步履　陳其茂著
126 古典與現實之間　杜正勝著
127 釣魚臺畔過客　彭　歌著
128 古典到現代　張　健著
129 帶鞍的鹿　虹　影著
130 人文之旅　葉海煙著

⑬¹ 生肖與童年

小民 著
喜樂 圖

十二生肖在每個農曆新年來臨時，都為年節的歡樂帶來一股高潮。這些可愛的動物們，為童年的生活增添了無限的趣味。本書紀錄了作者對於十二生肖的情感，和童年難忘的美好時光。加上喜樂先生細膩的插畫，讓生肖與童年的故事，一一鮮活起來。

⑬² 京都一年

林文月 著

京都是一個新舊互容的都市，有著高樓矗立及寬敞的街道，又存有古典風味的低矮木屋與不平的石板路。作者在京都的一年中，品味著這古都對文化保存、人情往來及文藝活動的諸般樣態，藉由她的生花妙筆，使讀者沈湎於京都典雅、優閒的情調。

⑬³ 山水與古典

林文月 著

山水景致，勾起了幾許文人的多愁善感；而古典文學，又蘊含著多少古人的人生情懷。本書探討著古典作品和詩人之間的關係。筆調輕鬆而不輕浮；題材古典絕不枯燥。且邀您一同進入詩人的筆墨之間，翱遊在山水作品的世界裏。

⑬⁴ 冬天黃昏的風笛

呂大明 著

旅居法國的作者呂大明女士，以其一貫典雅柔美的風格和精致細膩的筆觸，表達出她對生活、自然的樂觀態度。她如詩般的作品，仿如一幅幅精美瑰麗的圖畫，靜靜地訴說著對美好人生理想的浪漫情愫。

⑬⑤心靈的花朵

戚宜君　著

本書作者一生從事文化的傳播工作，積累數十年的工作經驗及閱讀習慣，創作出一篇篇詞美意深的勵志散文。除了用以傳達理性的知識和感性的情懷外，並深切期望本書能敲開你的心扉、溫暖你的心靈，進而耕耘你的心田，綻放出美麗的心靈花朵。

⑬⑥親　戚

韓　秀　著

人間真情不分種族國界；世間的溫暖存在每一角落。在有風有雨的日子裡，亦或在恬淡如鏡的歲月中走過，是否有如詩般美麗的故事令人難以忘懷？是否忘了去感激那些曾經陪著你、關懷你的人呢？靜下思慮，就讓韓秀的慈心慧語洗滌你久未感動的心。

⑬⑦清詞選講

葉嘉瑩　著

清詞之盛，號稱中興，其作者之多、流派之盛，以及其對詞集之編訂整理，對詞學之探索發揚，種種方面之成就，固已為世所共見。作者以其豐富的文學涵養，旁徵博引地賞析其所鍾愛的清詞，相信定能讓讀者流連忘返於清詞的世界中。

⑬⑧迦陵談詞

葉嘉瑩　著

本書為以詩詞涵養享譽國內外的葉嘉瑩教授，繼《迦陵談詩》之後又一精緻力作。從詩歌欣賞入門到分析溫韋馮李四家詞風，兼論晚唐五代時期在意境方面的拓展等，作者以其細膩的詩心，帶領讀者一起感受詞中的有情天地。

⑬⑨ 神樹

鄭義 著

曾以《老井》獲東京影展最佳編劇的作家鄭義，在因八九民運遭當局通緝而流寓異國之後，他以一個村落、一棵「神樹」，具體而微地映現當代中國的重重劫難。形象化的語言，原始潑辣的書寫，在魔幻詭麗的背後，透露出對生命與死亡的真實關懷。

⑭⓪ 琦君說童年

琦君 著

每個人都有童年，不管是苦是樂，回憶起來都是甜美的。善於說故事的琦君，與您一起分享她魂牽夢縈的故鄉與童年。篇篇真摯感人，字裡行間充滿了愛心與情義，在欣賞琦君的散文之餘，更別有一番溫馨感受，是一本老少咸宜的好作品。

⑭① 域外知音

張堂錡 著

本書作者張堂錡先生歷年來針對世界各國知名漢學家進行訪談，透過感性的筆觸，生動的文字敘述，道盡了這群域外知音漢學研究生涯的甘苦，因這一路執著不渝的採拾和耕耘，呈現繽紛絢麗的色彩，並給予中國人新的研究觀點，重新檢視自己的文化。

⑭② 遠方的戰爭

鄭寶娟 著

當地理上應該是遠方的戰爭，而我們已能同步掌握其狀況時，地球村的思維方式已不是口號，而是現實。以更宏大的視野看待這世界，以更深入的態度反省既存的觀念，將曾經事不關己的遠方納入思維，於是你會發現心可以更寬廣，生活也會更豐富。

⑭³ 留著記憶・留著光

陳其茂 著

作者的刻畫世界總讓人有無盡想像的空間，又傳遞著溫馨美麗的情感。此書收錄作者生活及其於國外遊歷時所記下的作品，點點滴滴，時而讓人會心一笑，時而讓人溫情滿懷，更有異國風光、園野之美呈現在版畫及真摯的文字裏，值得細細品味。

⑭⁴ 滾滾遼河

紀剛 著

那是個遙遠的年代，那是個古老得近乎神話的故事。大時代的洪流中，上演的是一幕幕民族興亡、兒女情長。今日的人們也許早已淡忘，但歷史永遠不會忘記他們。就讓本書來為你溫習，屬於那個時代的中國人以血淚寫成的不朽傳說。

⑭⁵ 王禎和的小說世界

高全之 著

以〈嫁妝一牛車〉、〈人生歌王〉等小說及劇本著稱於世的王禎和，擅長描繪臺灣社會中的倫常、愛情，以及患難互助的友情，筆觸真實感人，在臺灣文學史上有很重要的地位。本書以專業的分析及討論，帶您進入這位文學巨擘的筆下世界。

⑭⁶ 永恆與現在

劉述先 著

本書為當代思想泰斗劉述先教授，繼《哲學思考漫步》之後又一結集力作。透過文字，讀者不僅可以了解作者如何通過自己的哲學理念去面對當前政治社會的現實；更有甚者，也可在作者哲學思路的引領下，重新思考，再對現實有深一層的體悟。

⑭⑦ 東方・西方

夏小舟 著

東方古老神祕而透徹，溫情而淡漠；西方快樂的吉他演奏悲情的歌。長年浪迹於日本與美國的作者，如同一葉小舟，以其豐富的情感，敏銳地觀察異國生活情趣不同面貌，進而以細膩文筆記錄下來，使讀者能藉由閱讀和其心靈有最深切的契合。

⑭⑧ 嗚咽海

程明琤 著

作者以行世的闊步、觀想的深情，帶領讀者閱歷世界——一同憑弔瑪雅文明的浩劫災難；吟咏廬山的懸松傲柏；繫情塞歌維亞的夕輝斜映；漫遊唐吉訶德的故鄉。更以人文的關懷，心靈的透悟來探思文化、體驗人生、拓昇智慧。

⑭⑨ 沙發椅的聯想

梅新 著

擔任中副總編輯多年，梅新先生經歷了文化界的春去秋來，看多了人事的起伏，由他敏銳的觀察力所發抒成的文字，也更能扣緊時代脈動。本書包含作家訪談、藝文評論、生活自述，透過這些真摯生動的文字，我們彷彿見到一幅筆觸淡雅的文化群相。

⑮⓪ 資訊爆炸的落塵

徐佳士 著

在日新月異的電動玩具之外，您是否亦曾留意到資訊時代來臨在你我生活中所產生的新情境？在傳播媒體提供的聲光娛樂之餘，您是否關心其後所產生的文化衝擊？本書深入淺出為您剖析資訊社會中大眾傳播激盪下的文化省思，值得您細心體會。

⑮沙漠裡的狼

白樺　著

像在冷冽的冬夜裡啜飲著濃烈的茶，感受一種在蒼茫大地上，心海澎湃的震顫。那麼地古老、深沈，剎時間，恍若置身廣闊的大漠，一回首，就是長城。這是金鼎獎作家又一直指人性，內容深刻的作品，請您在一個適合沈思的夜晚，漫步中國。

⑯風信子女郎

虹影　著

一本能深刻引起讀者共鳴的小說，其必然與人世現實生活有著緊密的關連。本書作者秉持著對人的命運的關切，遠勝於對以往藝術形式的關注，賦予了文學創作的生命。從本書作者對人物刻劃描述的過程中，可窺知作者對此一理念的堅守。

⑯塵沙掠影

馬遜　著

生命的旅途中，有許多可掌握的機運，但似乎一半早已註定……。馬遜教授從故鄉到異國求學，最後來臺定居，繼而與佛結了不解之緣。滿懷豐富的情感，細膩的筆觸，深刻的寫下了旅赴歐美等地之點滴情事，而念舊懷恩之情愫亦時時浮現於文中。

⑯飄泊的雲

莊因　著

歲月的洗禮，在人們內心深處烙印著痛苦、悲哀、快樂與美好的回憶。由於時代的變動、戰爭的摧折，作者歷盡滄桑的輾轉遷徙，使那些漂流不定、幻化多變的過往，煥發出人生的智慧。就讓我們乘著飄泊的雲，領會「知足常樂，隨遇而安」的生活哲理。

國家圖書館出版品預行編目資料

塵沙掠影／馬遜著. -- 初版. -- 臺北市：三民，民86

面； 公分. --(三民叢刊；153)

ISBN 957-14-2583-4 (平裝)

855　　86004116

著作人 馬　遜
發行人 劉振強
著作財產權人 三民書局股份有限公司
臺北市復興北路三八六號
發行所 三民書局股份有限公司
地　址／臺北市復興北路三八六號
電　話／五〇〇六六〇〇
郵　撥／〇〇〇九九九八——五號
印刷所 三民書局股份有限公司
門市部 復北店／臺北市復興北路三八六號
重南店／臺北市重慶南路一段六十一號
初　版 中華民國八十六年五月
編　號 S 85360
基本定價 叁　元
行政院新聞局登記證局版臺業字第〇二〇〇號

ISBN 957-14-2583-4 (平裝)